Die drei !!!

Die drei !!!

Der Graffiti-Code

Kirsten Vogel

KOSMOS

Umschlagillustration von Ina Biber, Gilching
Umschlaggestaltung von Sabine Reddig

Weitere Bände dieser Reihe siehe S. 160

MIX
Papier aus verantwortungsvollen Quellen
FSC® C083411
FSC www.fsc.org

Gedruckt auf chlorfrei gebleichtem Papier

ISBN 978-3-440-17020-5
Redaktion: Franziska Latoska
Produktion: Lena Geiger
Druck und Bindung: CPI books GmbH, Leck
Printed in Germany / Imprimé en Allemagne

Die drei !!!

Der Graffiti-Code

Schock im Supermarkt

Lea rüttelte an der Tür, aber sie blieb verschlossen. Plötzlich flackerte das Licht, dann ging es aus. In Lea stieg Panik auf, wo hatten die Ermittlungen sie nur hingeführt? Kim klappte ihren Laptop zu.

»Lies weiter!« Franzi saß gebannt am Schreibtisch und hatte den Kopf in die Hände gestützt.

»Ich konnte nicht weiterschreiben, weil ich selbst Angst bekommen habe«, erklärte Kim, die auf einem Kissen auf dem Flickenteppich saß, eingehüllt in eine Wolldecke.

»Dann ist deine Detektivgeschichte ja die perfekte Therapie für deine Platzangst.« Franzi stand auf und balancierte ein Tablett, das sie vorsichtig vor Kim auf den Boden stellte.

»Stimmt eigentlich.« Kim hielt ihre kalten Hände über den kleinen Ofen. »Warum haben wir eigentlich keine Fußbodenheizung in unserem Hauptquartier?« Sie kicherte.

»Das würde Marie bestimmt auch gefallen.« Franzi grinste. »Wo bleibt sie eigentlich schon wieder?«

»Hoffentlich wird sie nicht gegen ihren Willen irgendwo festgehalten.« Kim wusste, dass das Quatsch war, aber sie war gedanklich noch so mit ihrer Detektivgeschichte beschäftigt.

»Dann muss sie jetzt an etwas Schönes denken, genau wie Lea, damit ihre Platzangst nicht so schlimm wird«, meinte Franzi.

»Gute Idee, möchtest du meine Co-Autorin werden?« Kim zwinkerte ihrer Freundin zu.

»Du bist die Autorin. Ich die …«

»… Sportskanone«, ergänzte Kim.

Franzi schob das Tablett zur Seite und kam mühelos in den Kopfstand. »Wenn man friert, hilft Sport am besten. Komm, mach auch mit.«

Kim nahm einen dampfenden Kakao vom Tablett. »Ich wärme mich lieber von innen.«

»Auch gut.« Franzi rollte sich vorsichtig aus ihrem Kopfstand, schnappte sich eine Decke und setzte sich Kim gegenüber auf ein Kissen.

Kim wärmte ihre Hände an dem Becher. »Es ist so super, dass deine Eltern sich endlich geeinigt haben und deine Mutter das Glashaus zum Café macht.« Sie kuschelte sich tiefer in die Decke. »Dann haben wir hier auf dem Hof unser Hauptquartier und unser zweites Stammcafé.«

Franzi pustete in ihren Kakao und nahm einen Schluck davon. »Na ja, sie öffnet das Café ja nur sonntags, also nicht täglich, sonst wäre sie ständig in ihrer Backstube. Meinem Vater ist es wichtig, dass sie auch noch Zeit für sich und für uns hat. Außerdem soll es keine Angestellten geben, sondern nur ein kleiner Familienbetrieb sein.«

»Bist du auch irgendwie eingeplant?« Kim sah Franzi besorgt an.

Franzi lächelte. »Keine Panik. Ich bin und bleibe Detektivin. Obwohl, wenn du bald eine rasende Reporterin oder Detektivromanautorin bist, vielleicht hast du ja dann keine Zeit mehr für unseren Detektivclub.«

»Ach Quatsch. Unseren Club und das Schreiben kann ich verbinden. Wenn ich erst mal eine gute Idee habe, schreibe ich schnell. Und zwischendurch brauche ich ja auch kreative Pausen, da ist die Detektivarbeit perfekt.« Sie seufzte. »Ich habe übrigens immer noch keinen Aufhänger für meine nächste Reportage.« Kim stellte ihren Becher auf das Tablett und streckte sich. »Hoffentlich habe ich keine Schreibblockade?«

In diesem Moment kam Marie herein. »Hallo, ihr zwei, tut mir leid, ich …«

Maries Blick fiel auf das Tablett mit der Kuchenauswahl.

»Genau das brauche ich jetzt.« Schnell zog sie sich ihre Winterstiefel und den pinkfarbenen Daunenmantel aus, setzte sich zwischen ihre beiden Freundinnen auf das Kissen und hüllte sich in eine Wolldecke. Dann schnappte sie sich eine Gabel und probierte die Zitronentarte, die mit kleinen Schokoherzchen verziert war. »Sieht supersüß aus und schmeckt …«, Marie überlegte, »supersüß.«

»Meine Mutter will in letzter Zeit andauernd wissen, nach was ihre Kuchen und Torten schmecken, damit sie das auf die Cafékarte schreiben kann.« Franzi stellte die Teller mit den Kuchenstücken direkt vor ihre Freundinnen.

»So wie Weinkenner den Geschmack von Wein beschreiben?« Marie breitete ihre Arme aus, so als wollte sie etwas Besonderes präsentieren. »Dieser Wein verströmt zarten Blütenduft mit einem Hauch Grapefruit.« Kim und Franzi guckten sie überrascht an. »Mein Vater hat so ein Weinbuch und fachsimpelt manchmal rum«, lachte sie und nahm noch ein Stück von der Tarte. »Jetzt hab ich es: Schmeckt nach Zitrone mit einem Hauch frischer Minze, zusammen mit den Schokoherzen fruchtig herb«, versuchte sie den Geschmack zu beschreiben. »Aber zurück zu deiner Reportage. Kann dir Sebastian nicht helfen, einen Aufhänger zu finden?«

Sebastian Husmeier war Journalist bei der *Neuen Zeitung* und der Leiter des Schreibworkshops, an dem Kim seit einigen Wochen teilnahm.

»Er hilft mir doch schon die ganze Zeit. Neulich durften wir sogar mit zu einem Außentermin im Autohaus. Es ging darum, ob Leute im Frühjahr ihren Reifenwechsel selber machen.«

Marie musste kichern. »Wow, wie aufregend.«

»Ja, ich weiß. Aber ihr hättet mal sehen sollen, wie nett er mit den Leuten da geredet hat. Der nimmt die Menschen so, wie sie sind, ohne sich lustig zu machen«, berichtete Kim. Sie nahm eine Gabel von der Schokoladentarte. »Mmmh. Richtig süß.« Sie schloss die Augen, um sich besser auf den Geschmack konzentrieren zu können. »Und lieblich! Aber auch kräftig ...«

»Redest du von Sebastian?« Marie zog die Augenbrauen hoch. Augenrollend knuffte Kim Marie gegen den Arm. »Quatsch! Den würde ich anders beschreiben.«

»Echt? Wie denn?« Auch Franzi war neugierig geworden.
»Total nett und kompetent.«
»Und gut aussehend?« Marie leckte ihren Finger ab, auf dem ein kleines Schokoherz klebte.
Ohne weiter darauf einzugehen, nahm Kim einen großen Schluck Kakao. »Mich würde jetzt erst mal interessieren, warum du zu spät gekommen bist.«
Mit einem Löffel klaute Marie sich ein Stück von Kims Schokotarte. »Süß, aber leider keine Spur verführerisch. Mit einem faden Beigeschmack.«
Sie musste lachen, als sie Kims und Franzis irritierten Gesichtsausdruck sah. »Das war jetzt nicht die Beschreibung der Tarte. Ich meine Sami. Wir haben heute Mittag zusammen Pasta gekocht, dabei hat er so süß *Feelin' Crazy* von den *Boyzzzz* gesungen. Als ich mit eingestimmt habe, hat er sofort aufgehört und ich hab allein weitergesungen. Das war vielleicht peinlich.«
Marie seufzte und zog sich ihre Decke fast bis unter die Nasenspitze. Sie versuchte schon länger mit Sami Voutilainen zu flirten, aber der finnische Au-pair-Junge, der bei den Grevenbroichs wohnte und auf Maries drei Jahre alten Bruder Finn aufpasste, ließ sich einfach nicht darauf ein.
»Du warst bestimmt zu gut, da konnte er nicht mithalten.« Kim zupfte an Maries Decke und zog sie ein Stück weg.
»Deshalb warst du zu spät?«
Marie hielt die Wolldecke mit beiden Händen fest. »Nach dem Essen stand Holger plötzlich vor der Tür und wollte sich mit mir zum Joggen verabreden.«

»Und?!« Kim und Franzi sahen ihre Freundin gespannt an.
»Ich hab gesagt, dass ich gerade viel zu tun habe.« Marie zog die Decke wieder hoch. »Eine echt bescheuerte Ausrede, aber warum sollte ich mich mit ihm treffen? Er hat ja jetzt Selma.«
Maries und Holgers Beziehung war von den beiden auf Eis gelegt worden, weil Holger sich in ein anderes Mädchen verliebt hatte. Zu allem Überfluss hatte Marie die beiden dann auch noch beobachtet, wie sie sich geküsst hatten.
Kim streichelte mitfühlend Maries Schulter. Doch Marie lenkte das Gespräch auf ein anderes Thema: »Gibt es bei euch was Neues?«
»Wir müssen uns noch überlegen, wie wir unser Hauptquartier besser schützen, wenn hier bald Gäste auf dem Hof herumlaufen.« Franzi stellte die leeren Kuchenteller auf das Tablett zurück.
Das professionell ausgestattete Hauptquartier der drei Detektivinnen Kim Jülich, Franziska Winkler und Marie Grevenbroich, das sich die drei Mädchen auf dem Hof der Familie Winkler im Pferdeschuppen eingerichtet hatten, sollte natürlich unerkannt bleiben.
»Wir können ja ein Schild aufhängen: Vorsicht vor dem Huhn!«, schlug Kim kichernd vor.
Tierliebhaberin Franzi hatte nämlich nicht nur ein Pony namens Tinka, sie hatte auch ein Zwerghuhn, das auf den Namen Polly hörte und mit großer Vorliebe Schnürsenkel aufpickte.
»Vielleicht können wir eine Blumenhecke pflanzen. Sieht schön aus und ist wie eine Absperrung«, überlegte Marie.

Das erinnerte Kim an den Fall Dornröschen, in dem sie vor einiger Zeit gemeinsam ermittelt hatten. Dieser war schon eine Weile her, kein Wunder also, dass die drei Mädchen so langsam den Nervenkitzel eines neuen Detektivfalls vermissten.

Franzi stand auf und zog sich ihre Jacke über. »Ich hab meiner Mutter versprochen, dass ich für sie einkaufen gehe. Beim *Superkauf* gibt es einen Standmixer im Angebot.«

»Ist das der neue Riesensupermarkt bei Kim um die Ecke?« Auch Marie sprang auf und streckte sich. »Da wollte ich schon die ganze Zeit mal hin.«

Eine Dreiviertelstunde später betraten die drei Detektivinnen den *Superkauf*. Kim hatte das Gefühl, in einer Flughafenhalle zu sein.

»Kommt, wir teilen uns auf. Ich besorge den Standmixer, ihr den Rest.« Marie lief los, den überdimensional großen Einkaufswagen vor sich herschiebend, und verschwand hinter einem Regal, während Kim versuchte, sich zu orientieren. Endlos lange Gänge mit Massen an Nahrungsmitteln lagen vor ihnen.

»Ist die Obst-und-Gemüse-Abteilung eigentlich nicht immer am Eingang?« Auch Franzi schien etwas überfordert von dem großen Angebot zu sein.

»Mal probieren?« Ein als Osterhase verkleidetes Mädchen kam auf sie zu und hielt ihnen kleine bunte Ostereier hin. Kim und Franzi griffen zu. »Ach, hallo, Kim!«

Kim brauchte einen Moment, aber dann erkannte sie das Mädchen hinter den Schnurrhaaren. »Hallo, Hannah! Super Hasenkostüm!«

Hannah hüpfte einmal auf und ab, dabei wackelten ihre langen Plüschohren und ihr blonder, langer Pferdeschwanz. Franzi musste lachen.

»Das ist Hannah aus meinem Schreibworkshop und das ist meine Freundin Franzi«, stellte Kim die beiden einander vor. »Hannah kennt sich gut mit Computern aus. Als mein Laptop neulich plötzlich abgestürzt ist und meine Reportage weg war, hat sie es geschafft, den Text wiederherzustellen.«

»Cool! Woher kannst du so was denn?« Franzi sah Hannah neugierig an.

»Der Freund meiner Oma ist ein richtiger Computerfreak, der hat mir einiges gezeigt.« Hannah zog sich ihre Plüschpfote aus und steckte sich ein Osterei in den Mund.

»Ist es sehr warm in dem Kostüm?« Kim sah Hannah mitleidig an.

»Es geht, aber was man für ein neues Mountainbike nicht alles tut. Ich opfere meine Osterferien.«

Ein Vater mit drei kleineren Kindern näherte sich. »Guck mal, Papa, der Osterhase!«, rief eines der Mädchen.

»Ich werde gebraucht«, erklärte Hannah und wackelte mit ihren Hasenohren.

»Okay, wir sehen uns ja nächste Woche im Workshop.« Kim sah amüsiert zu, wie Hannah fröhlich auf die Kinder zuhüpfte.

»Tadaa! Ich hab den letzten Standmixer ergattert.« Marie deutete in den Einkaufswagen.

»Das ging ja fix.« Franzi schob sich ihr Schokoei in den Mund und sah auf ihren Einkaufszettel. »Jetzt brauchen wir nur noch Salat und grünen Spargel.«
»Einfach nur geradeaus«, hörten sie eine freundliche Stimme. Hinter ihnen tauchte ein sportlicher dunkelhaariger Junge auf, der gerade dabei war, Regale mit neuer Ware aufzufüllen. Er hatte strahlend blaue Augen, die im gleichen Blau leuchteten wie das Logo des Supermarktes auf seinem Polohemd.
»Danke«, flötete Marie und lächelte den Jungen an, der nett zurücklächelte.

»Die Gurken sehen aber knackig aus«, stellte Kim fest, als sie beim Obst und Gemüse ankamen.
»Das sieht alles so perfekt aus, weil es mit speziellem Licht angeleuchtet wird«, erklärte Marie. »So ähnlich wie beim Modeln, da braucht man auch immer optimales Licht, um perfekt auszusehen.«
»Salat, wo ist denn der Salat?«, murmelte Franzi und suchte mit den Augen die Regale ab. »Ach, da!«
Kim folgte Franzi. »Wow, die haben ja viele Salatsorten hier. Der hier kommt aus Neuseeland und der mit den zackigen Blättern aus Italien.«
»Die sind ja weiter gereist als wir jemals.« Kim griff sich beherzt einen großen, knackigen Salatkopf und hielt ihn hoch.
»Guck mal, der ist aus Deutschland!«
»Iiihhhh!« Franzi schrie auf. Mit weit aufgerissenen Augen starrte sie auf den Salatkopf.

Tante Emma in Not

»Was ist?« Kim sah Franzi irritiert an.

Marie kam mit einer großen Netzschale Physalis dazugeeilt. Als ihr Blick auf den Salat fiel, erschrak sie so, dass ihr das Körbchen aus der Hand fiel. »Maden!«, stieß sie hervor.

Jetzt sah Kim es auch. Der Salatkopf in ihrer Hand war voller kleiner weißer Maden. Reflexartig warf Kim den Salat zurück in die Auslage und schüttelte ihre Arme ab, in der Angst, dass die kleinen Tiere bereits auf sie übergesiedelt waren. »Ist das eklig.«

»Woher kommen die alle?« Marie sammelte die Physalis ein und Franzi half ihr. Und noch jemand kniete sich neben die beiden: Der Junge mit den blauen Augen, der ihnen gerade den Weg gezeigt hatte. »Hi, ich bin Adam.« Er gab Marie und Franzi die Hand. »Ich bin Marie, das ist Franzi«, stellte Marie sie vor.

»Wie eklig!«, rief Kim entsetzt, als sie sich die Salate aus sicherer Entfernung noch mal genauer anschaute. »Da wimmelt es nur so.«

Marie, Franzi und Adam standen auf. »Das ist Kim«, erklärte Marie, ehe sie dahin blickte, wo Kim draufstarrte. »Ist das widerlich!«

Adam, der Marie das aufgesammelte Obst in die Hand drückte, sah sich die Ware ebenfalls genau an.

»Das ist ja echt krass«, stellte er fest. »Aber es scheint nur der Kopfsalat betroffen zu sein. Der Römersalat und der Lollo rosso sehen gut aus. Wollt ihr davon einen?«

Hektisch den Kopf schüttelnd lehnten die drei Mädchen ab. Adam lächelte und nahm den großen Korb mit den vielen Kopfsalaten aus dem Gemüseregal. »Der wird auf jeden Fall beschlagnahmt. Kann ich sonst irgendwas für euch tun?«

»Der schnellste Weg zur Kasse wäre super.« Marie legte die Physalis in den Einkaufswagen.

»An den Getränken vorbei und dann links.« Adam zeigte den dreien die Richtung.

»Danke!« Kim schob den Wagen. Nach dem Schock wollte sie nur noch raus aus dem Supermarktklotz.

Franzi kontrollierte noch mal den Einkaufszettel. »Ich hab alles. Außer Salat.«

»Puh, frische Luft.« Kim war froh, als sie durch die automatische Tür wieder nach draußen kamen. »Und jetzt?«

»Wollen wir im Hauptquartier ausmisten?«, schlug Marie vor.

»Frühjahrsputz – nein danke.« Franzi verstaute die Einkäufe auf ihrem Gepäckträger.

Kim öffnete ihr Fahrradschloss. »Nach dem Schock brauche ich Schokolade.«
»In den *Superkauf* gehe ich aber ganz bestimmt nicht noch mal rein.« Franzi stieg auf ihr Rad.
»Dann lasst uns zu Frau Blume fahren!« Kim fuhr los.

Als sie den kleinen Laden von Frau Blume betraten, überkam Kim sofort ein wohliges Gefühl. Der Duft, der in der Luft lag, erinnerte sie an die Zeit, als sie noch klein war. Es war eine Mischung aus selbst gebackenen Brötchen, frisch gemahlenem Kaffee und Frau Blumes Parfum, mutmaßte Kim.
»Hallo, Kim. Wie schön, euch zu sehen.« Frau Blume umarmte Kim herzlich. »Geht's euch gut? Was machen die Kuckucksuhren?«
»Papa hat ganz gut zu tun. Lukas und Ben ... nerven wie immer.« Kim grinste Frau Blume an. »Und wie geht es Ihnen?«
Die Ladeninhaberin antwortete nicht, stattdessen zeigte sie auf ein Osternest mit bunten Schokoeiern und Hasen darin. »Bedient euch doch.«
Während Kim ihr Ei auspackte, betrachtete sie Frau Blume aufmerksam. Ihr fiel auf, dass die betagte Dame abgenommen hatte und müde aussah. Dann betrat ein Kunde grüßend das Geschäft. Frau Blume streichelte Kim über die Schulter, lächelte Franzi und Marie zu und ging hinter die Käsetheke. Während sie den Mann bediente, schauten Kim, Franzi und Marie sich in Ruhe um. Der Tante-Emma-Laden von Frau Blume war etwas ganz Besonderes. Hinter dem Tresen standen eine

alte Waage zum Abwiegen von Wurst und Käse und eine Kaffeemühle. Wahrscheinlich hatten diese Dinge auch schon dagestanden, als Frau Blume vor über dreißig Jahren das Geschäft übernommen hatte. Sie hatte es seither in alter Tradition weitergeführt. Kims Blick fiel auf die Gurken in den Gemüsekörbchen. Sie sahen etwas krummer aus als die im Supermarkt, aber mindestens genauso lecker. Es gab nur eine Sorte Salat, und davon auch nur zwei Köpfe. An den Salatblättern waren absolut keine Maden zu sehen, nur ein bisschen sandige Erde. Kim nahm den Salat in die Hand und roch daran.

Frau Blume kam zurück zu den Mädchen. »Der ist von Bauer Velte. Er hat das beste Obst und Gemüse überhaupt.« Frau Blume seufzte. »Leider lohnt es sich bald nicht mehr, dass er mich beliefert.«

»Warum?« Kim sah Frau Blume erschrocken an.

Die Augen der Ladenbesitzerin wirkten müde und traurig. »Der Laden läuft nicht mehr so gut.«

Kim fiel ein, dass ihre Eltern jetzt auch öfter den Wochenendeinkauf beim *Superkauf* machten. »Hat das etwa mit dem *Superkauf* zu tun?«

Frau Blume nickte. »Mir ist nur noch ein Teil meiner Stammkunden treu geblieben. Deswegen werde ich wohl schließen müssen, obwohl ich eigentlich noch fünf Jahre arbeiten wollte. Aber einen Nachfolger habe ich ja sowieso nicht. Mein Sohn ist in Berlin ...« Frau Blume sah traurig zu Boden und wischte sich über die Augen.

»Er ist Künstler, oder?« Kim packte die beiden Salate und eine krumme Gurke in einen Einkaufskorb.
»Ja, Thomas arbeitet mittlerweile als Kunstlehrer.« Ein stolzes Lächeln huschte über das Gesicht der Ladeninhaberin.
Kim kannte kaum jemanden, der so freundlich war wie Frau Blume. Sie belieferte auch ältere Kunden, wenn diese nicht mehr selbst einkaufen konnten. Es war wirklich ungerecht, dass es dieser warmherzigen Frau nun so schlecht ging.
Während Kim an den zwei Regalen entlangging, die mit allem bestückt waren, was man brauchte, packte sie ihren Einkaufskorb mit Dingen voll, die sie eigentlich nicht brauchte und nur hineinlegte, weil sie Frau Blume irgendwie helfen wollte.
An der Kasse legte Kim dann noch eine Tafel ihrer Lieblingsschokolade in ihren Einkaufskorb. Frau Blume tippte die Beträge per Hand in die Kasse. »Deine Lieblingsschokolade geht auf mich.« Frau Blume legte sie zu Kims restlichen Einkäufen.
Kim sah Frau Blume gerührt an. »Das ist so lieb von Ihnen, aber ich möchte sie gern bezahlen.« Sie wühlte in ihren Taschen nach ihrer Geldbörse. »Mist, mein Portemonnaie ist weg.« Hektisch kippte sie den Inhalt ihrer Tasche aus. »Kannst du mir Geld leihen, Marie?«
»Klar.« Marie zog ihre EC-Karte hervor.
»Hast du das Geld auch in bar? Mein EC-Kartengerät ist defekt.« Es war Frau Blume sichtlich unangenehm, aber Marie kramte schon in ihrem Portemonnaie.
»Kein Problem!«
Kim atmete erleichtert auf.

Eine Viertelstunde später betraten die drei Mädchen erneut den *Superkauf.* »An der Kasse hatte ich mein Portemonnaie noch.« Kim ging suchend an den Kassen entlang.
»Hallo!« Adam kam den Mädchen entgegen. »Gut, dass ich euch sehe.« Er lächelte Kim an. »Ich habe eben deinen Geldbeutel beim Fahrradständer gefunden.«
»Zum Glück!«, seufzte Kim erleichtert.
»Ich hab ihn in meinen Spind gebracht. Kommt, wir holen ihn.«
Nach einem kleinen Fußmarsch durch den Supermarkt kamen die drei !!! mit Adam im Personalbereich an. Sie gingen einen langen Gang entlang, von dem einige Bürotüren abgingen.
Plötzlich war lautes Stimmengewirr zu hören. »Mir reicht schon, dass Hannah für dich arbeitet!« Eine Tür flog auf, ein Mann in einem karierten Holzfällerhemd kam wütend heraus. Ein anderer folgte ihm. »Mensch, Matthias, lass uns bitte in Ruhe reden.«
Aber der Mann, der offensichtlich Matthias hieß, ließ sich nicht aufhalten. Mit schweren Schritten ging er an den drei Mädchen und Adam vorbei.
»Sturkopf!« Der andere Mann lockerte den obersten Knopf seines blauen Hemdes. Er sah sehr sportlich aus und hatte dunkelbraun-grau melierte, kurze Haare. Kim schätzte ihn auf Mitte vierzig. »Kann ich euch helfen?«
»Das sind die Kundinnen, die die Maden im Salat gefunden haben«, erklärte Adam.
»Ah, hallo. Torsten Schmidt. Ich bin der Filialleiter.« Er

reichte den drei !!! die Hand. »Der Vorfall tut mir leid. Kann ich euch als Entschädigung vielleicht einen Einkaufsgutschein schenken?«

Dann drehte er sich sofort zu Adam um. »Herr Winter, könnten Sie sich darum kümmern?«

Adam nickte. »Alles klar, Herr Schmidt.«

»Danke, ich muss dann …« Schmidt wollte sich schon abwenden, aber Marie, ganz Detektivin, hatte noch eine Frage.

»Wissen Sie denn schon, wie die Maden in den Salat kamen?«

»Leider nicht. Auch unser Lieferant, mit dem ich telefoniert habe, konnte sich den Vorfall nicht erklären. Ich muss los. Macht es gut.« Herr Schmidt verschwand wieder in seinem Büro.

»Ziemlich gestresst, der Typ«, flüsterte Kim.

»Hier, dein Portemonnaie.« Kim hatte gar nicht mitbekommen, dass Adam kurz verschwunden war, um es zu holen.

Plötzlich war eine Frauenstimme aus den Lautsprechern zu hören. »Herr Schmidt bitte umgehend zu den Fleisch- und Wurstwaren.« Schmidts Tür ging wieder auf, er stürzte den Flur entlang und verließ den Personalbereich.

»Ist hier immer so viel los?«, fragte Franzi, während sie mit Adam zusammen ebenfalls in den Verkaufsbereich zurückkehrten.

Adam zog die Schultern hoch. »Keine Ahnung, ich jobbe erst seit gestern hier. Ferienjob, ich gehe eigentlich noch zur Schule. Wartet kurz, ich muss mal rausfinden, wo es die Gutscheine gibt.«

Die drei !!! nickten und Adam verschwand Richtung Kassen. Kim sah ihre Freundinnen unternehmungslustig an. »Wollen wir in der Zwischenzeit mal gucken, warum Herr Schmidt zu den Fleischwaren gerufen wurde?«

Angriff auf die Gesundheit

»Da ist er.« Marie hatte Herrn Schmidt entdeckt. Umgeben von Kühlregalen mit abgepacktem Fleisch sprach er mit einer schlanken Frau mit dunkelblonden, schulterlangen Haaren.

»Wie kann es sein, dass es meinem Mann nach nur einem Bissen so schlecht geht? Ich habe das Fleisch heute Morgen erst gekauft.« Die Frau zitterte vor Wut.

»Frau Bartels, das kann eigentlich gar nicht sein.« Herr Schmidt holte eine Packung Schweinesteaks aus dem Kühlregal. »Das Verbrauchsdatum ist erst in drei Tagen.«

Frau Bartels' Stimme wurde lauter. »Ich habe das Steak gut durchgebraten und es hat trotzdem fischig geschmeckt.«

Der Filialleiter hob beschwichtigend die Arme. »Okay, haben Sie das Fleisch noch? Oder die Verpackung? Ich würde mir das gerne selbst ansehen.«

Das Handy der Frau klingelte, sie nahm den Anruf entgegen. »Was? Warte, ich komme schnell nach Hause.« Dann legte sie auf. »Ich muss los, meinem Mann geht es wirklich schlecht. Wir fahren jetzt ins Krankenhaus. Sie hören noch von mir.«

Schmidt gab der Kundin seine Karte. »Informieren Sie mich bitte schnellstmöglich darüber, wie es Ihrem Mann geht. Ich kann mir das alles wirklich nicht erklären und wünsche ihm gute Besserung!«

Die Kundin steckte die Karte in ihre Tasche und ging eilig davon. Herr Schmidt sortierte das Fleisch wieder ordentlich in das Regal ein. Dabei fiel eine Packung herunter.

Kim bückte sich und hob sie auf. Erst jetzt bemerkte der Mann die drei Mädchen. »Ihr seid ja immer noch hier.«

»Ja, wir ...« Kims Blick fiel auf den Aufkleber mit dem Verbrauchsdatum, der auf der Verpackung klebte. Sie stutzte, denn er war etwas schräg auf der Folie angebracht und darunter war ein anderer Aufkleber zu sehen.

»Marie, hast du gerade lange Fingernägel?« Kim gab Marie die Verpackung, für die es ein Kinderspiel war, den Aufkleber zu lösen. »Das gibt es doch nicht. Unter dem Aufkleber ist ein weiterer.« Marie hielt die Packung hoch.

»Und der zeigt an, dass das Fleisch längst abgelaufen ist.« Kim nahm die Packung aus Maries Händen und hielt sie Herrn Schmidt direkt vor die Nase.

»Mädchen, ihr habt recht.« Nervös begann Schmidt, die Aufkleber der anderen Fleischverpackungen zu überprüfen.

»Da sind überall neue Aufkleber drauf«, brachte er geschockt hervor. »Das gesamte Fleisch muss schnellstens aus den Regalen. Und ich muss eine Rückrufaktion starten«, murmelte er hektisch.

»Am besten, Sie kontaktieren Sebastian Husmeier bei der

Neuen Zeitung und grüßen ihn von mir. Er ist ein …«, Kim überlegte kurz. »… Bekannter von mir.«
»Danke.« Herr Schmidt seufzte. »So ein Vorfall kann das Geschäft ungemein schädigen.«
»Es sei denn, Sie finden den Täter«, warf Franzi ein.
»Genau. Die Polizei muss ich auch informieren.«
Kim, Franzi und Marie tauschten Blicke aus. Kim wusste, dass Franzi und Marie genau das Gleiche dachten wie sie: ein neuer Fall für die drei !!!.
»Am besten, Sie versuchen, mit Kommissar Peters zu sprechen.« Kim half Herrn Schmidt beim Ausräumen der Regale. Dieser sah die drei Mädchen verwundert an. »Ihr kennt ja Gott und die Welt.«
In diesem Moment kam Adam dazu. »Hier seid ihr.« Er wedelte mit drei Gutscheinen und verteilte sie. »Voilà!«
Die drei Mädchen bedankten sich.
»Den gebe ich meinen Eltern für den nächsten Großeinkauf.« Kim steckte den Gutschein in ihre Tasche.
»Adam, können Sie mir bitte helfen? Das gesamte eingeschweißte Fleisch muss sofort aus den Regalen raus.«
Herr Schmidt zeigte auf das große Kühlregal.
Adam sah Schmidt fragend an.
»Fragen Sie nicht, tun Sie etwas!«
»Okay, ich hole Kisten aus dem Lager.« Adam eilte davon.
»Haben Sie eine Ahnung, wer das gewesen sein könnte?« Franzi stellte sich dicht neben Torsten Schmidt. Hinter ihr war Kim, die blitzschnell zwei der aussortierten Fleischver-

packungen aufhob und in ihrer Tasche verschwinden ließ. Im selben Moment entdeckte sie Hannah, die ihr dabei verwundert zusah. Kim sah Hannah flehend an, nichts zu sagen. Schmidt war so in Aktion, dass er davon nichts bemerkte.

»Wo bleibt Adam denn? Könnt ihr mal kurz aufpassen, dass niemand das Fleisch hier anrührt?«

Die drei !!! und Hannah nickten. »Es ist nicht so, wie du denkst. Ich möchte nichts klauen«, flüsterte Kim Hannah zu, als Schmidt weg war.

»Und warum hast du das Fleisch dann eingesteckt?«

Kim überlegte fieberhaft. »Ähm …«

Marie hielt Hannah ihre Hand hin. »Ich bin Marie, bist du die Hannah aus Kims Schreibworkshop, die Kims Text neulich gerettet hat?«

Hannah lachte. »Das spricht sich ja schnell rum.«

»Ihr kannst du doch sagen, dass du eine Reportage über den *Superkauf* schreiben willst.« Marie zwinkerte Kim zu. In solchen Situationen war ihr Improvisationstalent Gold wert.

»Ja, genau. Und hier scheint sich ein Skandal anzubahnen.« Kim nickte heftig.

»Das klingt ja interessant.« Hannah grinste. »Was willst du denn mit dem Fleisch jetzt machen?«

»Herausfinden, ob hier Sabotage betrieben wird.«

»Gute Idee!« Hannah hielt beide Daumen nach oben.

Kim dachte nach. »Wie kommt man denn an die Bilder der Überwachungskamera?« Sie deutete auf die Kamera, die an der Decke befestigt war.

»Die kann man bestimmt vom Computer des Filialleiters abrufen«, vermutete Marie. »Nur, wie soll das gehen?«
Kim überlegte. »Da muss man so ein Computer-Ass sein wie Hannah, um das hinzubekommen.«
Hannah dachte nach. »Wisst ihr was, ich mache es!«
»Was, echt? Hast du gar keine Angst, deinen Job zu verlieren?« Franzi zupfte an einem von Hannahs Hasenohren.
»Ein bisschen schon, aber Schmidt hat doch gerade mit dem Fleisch zu tun«, erklärte Hannah mit verschwörerischem Blick den drei !!!.
»Sein Büro ist also leer«, schlussfolgerte Kim. »Wir können Schmiere stehen und du ziehst das Video auf meinen Stick?« Kim holte einen USB-Stick aus ihrer Tasche.
»Okay, so machen wir es.« Hannah sah die drei Mädchen aufgeregt an.
Marie nickte aufmunternd. »Und falls Schmidt kommt und in sein Büro will, halten wir ihn auf.«

Kurz darauf standen die drei Detektivinnen wieder vor Torsten Schmidts Büro. Angespannt lugte Kim durch die angelehnte Tür und sah, wie Hannah konzentriert auf den Computerbildschirm starrte und auf der Tastatur tippte.
»Ich werde gleich meine Kollegen beim Landeskriminalamt informieren. Sie werden dann Proben nehmen.« Die drei !!! erschraken – die Stimme kannten sie. Torsten Schmidt kam gemeinsam mit Kommissar Peters, der ihm das weitere Vorgehen der Polizei erklärte, den Gang entlang.

Schmidt tupfte sich nervös den Schweiß von seiner Stirn. »Es muss jemanden geben, der mir schaden will.«
»Dann wird das LKA ein Strafverfahren gegen unbekannt einleiten.« Die beiden Männer waren so in ihr Gespräch vertieft, dass sie die drei !!! noch gar nicht bemerkt hatten. Kims Herz raste, hektisch blickte sie durch den Türspalt zu Hannah, die gerade den USB-Stick aus Schmidts Computer zog und einen Daumen nach oben reckte. Schnell schlüpfte Hannah aus Schmidts Büro und steckte Kim unauffällig den Stick in die Tasche. Gerade noch rechtzeitig, denn die Männer hatten sich der Tür genähert, und nun blickte Peters auf. »Ach, wenn das mal kein Zufall ist!«
Hannah nickte Kommissar Peters und Herrn Schmidt zu und huschte an den Männern vorbei zurück in den Verkaufsbereich.
»Meine drei Lieblingsdetektivinnen.« Peters zwinkerte den Mädchen zu.
»Hallo, Herr Peters!« Kim und ihre beiden Freundinnen hielten Kommissar Peters die Hand hin.
»Ihr seid Detektivinnen?« Herr Schmidt sah die Mädchen verwundert an.
Kim holte ihr Portemonnaie aus der Tasche. »Ja, *Die drei !!!*.« Sie suchte in ihrem Portemonnaie nach einer Visitenkarte, aber es war keine da. »Komisch, letzte Woche hatte ich noch mehrere Visitenkarten.«
Franzi schaltete schnell, griff in ihre Jackentasche und überreichte Schmidt eine Karte.

Die drei !!!
Detektivinnen
Kim Jülich
Franziska Winkler
Marie Grevenbroich
Wir lösen jeden Fall!
Kontakt: siehe Rückseite

Im selben Moment klingelte das Handy des Filialleiters. »Sie entschuldigen mich.« Herr Schmidt gab Franzi die Karte zurück und verschwand in seinem Büro.

»Wissen Sie schon Genaueres über das verdorbene Fleisch?«, fragte Marie neugierig nach.

Peters schüttelte den Kopf. »Das ist ein Fall für das Landeskriminalamt. Ich muss die Kollegen zügig informieren.« Er sah die drei !!! ernst an. »Versprecht mir, dass ihr euch nicht wieder in Gefahr begebt. Sucht lieber den Osterhasen und überlasst die harten Eier mir und meinen Kollegen vom LKA.« Augenzwinkernd nahm er sein Handy und wählte eine Nummer. Dann drehte er sich um und entfernte sich.

»Wir sind doch nicht mehr acht Jahre alt!«, knurrte Marie.

Kim fand Peters' Spruch auch unpassend, aber sie wollte sich jetzt nicht ärgern. »Ist doch egal, Hauptsache, er lässt uns in Ruhe.«

Einige Zeit später kamen die drei !!! wieder auf dem Hof der Familie Winkler an. Kim nahm ihren Helm ab. »War das knapp. Hannah hat es echt drauf.« Kim hielt ihren USB-Stick triumphierend in die Höhe. »Gut, dass Adam uns den Personalausgang gezeigt hat. Wenn wir an den Kassen vorbeigegangen wären, wäre bestimmt rausgekommen, dass ich zwei Packungen von dem abgelaufenen Fleisch eingesteckt habe.«

»Ich bin ja mal gespannt, ob die Aufzeichnung der Überwachungskamera uns schon brauchbare Hinweise liefern kann.« Franzi nahm die Einkäufe von ihrem Gepäckträger.

Marie wuschelte durch ihre vom Fahrradhelm platt gedrückten Haare. »Echt krass, dass Peters das Landeskriminalamt einschalten muss.«

Franzi stellte die Einkäufe vor der Haustür ab und schlug den Weg Richtung Obstgarten ein. »Das Glashaus ist fast fertig. Wollt ihr es mal kurz angucken, bevor wir uns ins Hauptquartier zurückziehen?«

»Klar! Das wäre toll.« Kim wollte noch nicht nach Hause und sie war froh, wenn sie noch ein wenig Ruhe vor ihren beiden jüngeren Zwillingsbrüdern Ben und Lukas hatte. Außerdem war es Freitagnachmittag und die Osterferien hatten begonnen, da gab es für die Schule nichts zu tun.

»Ich wollte eigentlich noch mit Sami und Finn ins Spielcafé gehen, aber dafür ist es jetzt wahrscheinlich sowieso zu spät.«

»Die kommen ohne dich bestimmt auch ganz gut klar. Du hast Wichtigeres zu tun.« Franzi zwinkerte Marie zu.

»Stimmt!«, sagte Marie vergnügt. »Endlich ein neuer Fall.«

Sie gelangten zu dem alten, wunderschönen Gewächshaus, das Familie Winkler gemeinsam auf Vordermann gebracht hatte.

»Wahnsinn.« Kim kam aus dem Staunen gar nicht mehr raus. Der Pavillon, der nahezu komplett aus Glas bestand, funkelte in der Aprilsonne wie ein riesiger geschliffener Diamant. Im Laufe der Jahre, in denen das Gewächshaus vergessen im hinteren Teil des winklerschen Gartens gestanden hatte, hatte sich eine Moos- und Blätterschicht darauf abgesetzt. Und auch Regen und Wind hatten dazu beigetragen, dass das Glashaus sich schon fast nicht mehr von den dahinter stehenden Bäumen abgehoben hatte. Jetzt waren die ehemals blinden Glasscheiben poliert und einige, die zerbrochen gewesen waren, ersetzt worden. Außerdem hatte Franzis Vater gemeinsam mit ihrem Bruder Stefan Holzdielen und Kabel verlegt.

Kim und Marie betraten nach Franzi den Glaspavillon, in dessen Mitte ein paar Stühle und Tische standen.

Kim blickte nach oben in die Schäfchenwölkchen. »Wie schön, man ist drinnen und gleichzeitig draußen«, stellte sie fest.

»Das Café soll hauptsächlich ein Hofcafé sein, aber wenn das Wetter mal nicht mitspielt, kann man eben auch drinnen sitzen.« Frau Winkler tauchte hinter dem Tresen auf. »Hallo! Wollt ihr mit uns zu Abend essen?«

»Gerne!«, kam es von Kim und Marie wie aus einem Mund.

»Dann verschwinde ich jetzt mal in der Küche.« An der Tür drehte sich Franzis Mutter noch mal um. »Ach, ehe ich es vergesse: Ich würde euch und eure Familien am Ostersonntag gern zum Osterbrunch einladen. Ihr seid dann meine Versuchskaninchen, ehe der Betrieb so richtig losgeht.« Sie lächelte die drei Mädchen an.

»Wir kommen sehr gerne«, sagte Marie und Kim nickte zustimmend.
»Das freut mich!« Frau Winkler verließ den Pavillon.
»Und wir beginnen jetzt mit unseren Ermittlungen«, sagte Kim feierlich und verließ das Gewächshaus in Richtung Hauptquartier, gefolgt von ihren beiden Freundinnen.

»Vielleicht kann dein Vater uns im Zuge der Glashausrenovierung eine Fußbodenheizung einbauen?« Marie trippelte vor dem kleinen Ofen im Hauptquartier auf und ab, während Kim ihren Laptop aufklappte und den USB-Stick hineinsteckte. Lachend nahm Franzi den Schlüssel für den Rollschrank, der unter dem Schreibtisch der drei !!! stand, aus einer kleinen Dose. Sie schloss die oberste Schublade auf und holte Grafitpulver und einen kleinen Pinsel daraus hervor. Marie setzte sich zu ihr und zog sich dünne Plastikhandschuhe an. Vorsichtig begann sie, die Fleischverpackungen mit dem Pulver einzupinseln. Und tatsächlich, es waren rund um die Verbrauchsdatumaufkleber einige brauchbare Fingerabdrücke zu finden. Franzi klebte durchsichtiges Klebeband darüber, zog es vorsichtig ab und klebte es auf einen Zettel. Währenddessen betrachtete Kim das Video der Überwachungskamera auf ihrem Laptop.
»Mist, die Videoüberwachung wird anscheinend immer erst angeschaltet, wenn der *Superkauf* öffnet.«
»Die Mengen an Fleisch können unmöglich in die Regale gelegt worden sein, während dort Kunden herumliefen«, stellte Franzi fest.

Kim klappte den Laptop wieder zu. »Dann bringen uns die Aufnahmen hier nicht weiter. Was sagen die Fingerabdrücke?«

»Ein bestimmter Fingerabdruck ist auf beiden Verpackungen vorhanden«, stellte Marie fest.

»Vielleicht sind die anderen Fingerabdrücke von Kunden, die das Fleisch in die Hand genommen und dann doch wieder zurückgelegt haben. Und die, die auf beiden Verpackungen sind, könnten doch vom Täter stammen, oder?« Franzi verstaute Pinsel und Grafitpulver wieder in der Schublade und legte den Schlüssel zurück in die Dose.

Ehe Marie sich die Plastikhandschuhe auszog, legte sie das verpackte Fleisch vorsichtig in eine Mülltüte, knotete sie zu und stellte sie neben die Tür. »Glaubt ihr, dass das verdorbene Fleisch und die Maden im Salat zusammenhängen?«

»Essen ist fertig!« Franzis Mutter betrat das Hauptquartier.

»Kannst du bitte nächstes Mal anklopfen, Mama?«

»Habt ihr etwa einen neuen Fall?« Frau Winkler sah die drei Mädchen neugierig an.

Franzi überging die Frage ihrer Mutter. »Was gibt es denn zu essen?«

»Grünen Spargel an Erdbeerrisotto.« Frau Winkler lächelte die Mädchen geheimnisvoll an. »Und eine kleine Überraschung.« Sie verschwand summend aus der Tür des Hauptquartiers.

»Wow, das klingt super!«, rief Kim begeistert und sprang auf. »Wollen wir uns morgen Vormittag beim *Superkauf* treffen

und Herrn Schmidt noch mal nach potenziellen Feinden befragen?« Marie stand auf und streckte sich.
»Ja, vielleicht fällt ihm noch etwas ein, wenn er nicht ganz so gestresst ist.« Kim klemmte ihre Jacke unter den Arm.
»Die Überraschung ist bestimmt was Süßes«, meinte sie voller Vorfreude.
»Und sicher sehr lecker«, vermutete Marie.

Spinnengraffiti

Als Kim am nächsten Morgen losradelte, hatte sie das Gefühl, dass sie dringend Bewegung brauchte. Denn die Überraschung war eine Schokoeisbombe in einem Himbeer-Sahne-Shake gewesen. Sie beschloss, wieder etwas mehr Sport zu machen, jetzt, wo endlich der Frühling in Sicht war. Die Sonne strahlte von einem blauen Himmel und laut Wetterbericht sollte es heute endlich mal ein bisschen wärmer werden. Gut gelaunt trat sie in die Pedale. Plötzlich fuhr Marie neben ihr. »Hallo. Gut geschlafen?«

»Geht so. Die Superheldendetektive sind heute Morgen ganz früh in mein Zimmer gekommen und haben mich aufgeweckt.« Kims Zwillingsbrüder Ben und Lukas hatten sich zu Superheldendetektiven ernannt und wollten nun auch echte Fälle lösen. Kim fand es zwar süß, dass sie ihr nacheiferten, aber eigentlich nervten ihre Brüder seither noch mehr, weil sie andauernd wissen wollten, ob Kim gerade an einem Fall dran war.

»Bei mir war es auch nicht besser. Finn und Sami haben schon total früh Polizei gespielt und Finn hat superlaut ›Tatütataaa‹ gebrüllt, da konnte ich auch nicht mehr schlafen.«

Hinter den beiden klingelte jemand heftig an seiner Fahrradklingel und rief: »Tatütataaa!«

Kim und Marie drehten sich um.

Es war Franzi, die grinsen musste. »Und? Gibt Sami einen guten Polizisten ab?«

»Nee, der war das Auto.« Marie musste lachen. »Ich hab dann mitgespielt und war der Räuber. Ich hatte die Gummibärchen geklaut.«

Die drei hielten an einer roten Ampel an. Marie griff in ihre Jackentasche und holte eine kleine Tüte Gummibärchen heraus. Daraus fischte sie drei rote Gummibärchen. Eins steckte sie sich in den Mund, die anderen hielt sie ihren Freundinnen hin.

Kim schüttelte den Kopf. »Ich mache heute einen grünen Tag.«

»Was soll das denn sein?« Franzi steckte sich ihr Gummibärchen in den Mund.

»Ich esse nur grüne Lebensmittel: Salat, Brokkoli, Spinat ...«

Marie musste lachen. »Das klingt ja ... gesund.«

»Wenn ich weiter so viel Schokolade esse, kannst du mich bald als Osterei durch die Gegend kullern.« Kim sah ihre Freundinnen geknickt an.

»Du bist schlank und siehst total super aus.« Marie suchte in der Gummibärchentüte. »Hier, ein grünes Gummibärchen.« Sie gab es Kim.

Die Ampel wurde grün. Franzi und Marie düsten los. Kim überlegte kurz, steckte sich das grüne Gummibärchen in den Mund und fuhr den beiden hinterher.

»Was ist denn das?«, rief Franzi, als sie beim *Superkauf* ankamen. Sie stoppte abrupt und zeigte auf die große graue Wand des Supermarkts, die sich neben der Eingangstür erstreckte. Auch Marie bremste scharf, sodass Kim beinahe mit ihnen zusammenstieß.
»Ein riesiges Graffiti«, stellte Kim überrascht fest.
Während die drei Mädchen ihre Räder abstellten, blieben neben ihnen einige Kunden stehen, die ebenfalls auf die Wand starrten.
»Eine Spinne. Und sie sieht erschreckend echt aus.« Marie schüttelte sich.
Kim holte ihr Handy aus der Jackentasche, trat ein Stück zurück und machte ein paar Fotos.
Torsten Schmidt war dazugekommen. »Als ich heute Morgen ankam, dachte ich, ich traue meinen Augen nicht«, sagte er und sah die Mädchen dabei ratlos an.
»Wenn Sie nichts dagegen haben, würden wir gerne in diesem Fall ermitteln.« Kim lächelte Schmidt selbstbewusst an.
»Wir haben bereits über sechzig Fälle erfolgreich gelöst, nicht nur in Deutschland, auch im Ausland«, erklärte Franzi stolz.
»Ich kann euch ja wahrscheinlich nicht davon abhalten?« Herr Schmidt seufzte.
»Machen Sie sich keine Sorgen, wir haben alles im Griff.«

Da kam Adam mit einer Leiter und einem Eimer mit diversen Flaschen aus dem *Superkauf*.

»Na endlich. Haben Sie das Anti-Graffiti-Mittel bekommen?« Der Filialleiter nahm eine der Flaschen aus Adams Eimer und betrachtete sie.

Adam nickte. Während er die Leiter hinaufstieg, sprach er die drei Mädchen an. »Ihr seid ja oft hier.«

»Wir wollen unsere Gutscheine einlösen«, flunkerte Kim schnell, denn sie waren ja undercover im Einsatz.

Schmidt beobachtete, wie Adam die Farbe entfernte, und drehte sich wieder zu den drei !!!. »Kommissar Peters hat mir nicht viel Hoffnung gemacht, dass wir die Sprayer finden.«

»Hat das LKA schon etwas rausgefunden?« Marie flüsterte.

»Da kann ich euch leider keine Auskunft geben. Die Ermittlungen sind geheim.« Herr Schmidt flüsterte jetzt ebenfalls.

»Wie geht es eigentlich dem Mann, der von dem verdorbenen Fleisch gegessen hat?«

»Er hat eine Salmonelleninfektion und wird im Krankenhaus behandelt. Ich hoffe, es geht ihm schnell besser.«

Kim nickte. »Gibt es bereits andere Meldungen über Krankheitsfälle?«

»Zum Glück nicht. Gut, dass ihr so schnell die gefälschten Etiketten entdeckt habt.« Schmidt lächelte die drei !!! anerkennend an. »Das LKA hat das Fleisch untersucht und bestätigt, dass es von Salmonellen befallen war.«

Kim zog ihr Notizbuch aus der Tasche. »Haben Sie bereits Ihre Mitarbeiter zu dem verdorbenen Fleisch befragt?«

»Ja, natürlich. Ich habe mit Herrn Weste gesprochen, dem Abteilungsleiter der Fleischabteilung. Unser Fleisch wird jeden Tag auf das Verfallsdatum überprüft. Die Verpackungen mit dem abgelaufenen Verbrauchsdatum hatte er vor ein paar Tagen aussortiert und am Morgen noch im Müllcontainer liegen sehen.«

»Wer hat außer der Müllabfuhr noch Zutritt zu den Müllcontainern?«, fragte Kim, die sich alles notierte.

»Nur das Personal. Der Müll wird regelmäßig abgeholt. Alles nach Vorschrift.«

»Gibt es vielleicht auch einen Mitarbeiter, dem Sie die Taten zutrauen würden?«, fragte Kim. »Jemand, der sich zum Beispiel schlecht behandelt fühlt?«

Herr Schmidt überlegte kurz und schüttelte dann den Kopf.

»Haben Sie einen Verdacht, wer hinter allem stecken könnte?« Franzi sprach ganz leise.

»Auch darüber kann ich wirklich nicht mit euch sprechen, tut mir leid.« Dann verabschiedete sich Herr Schmidt von den drei Mädchen und eilte zurück in den Supermarkt.

Kim kramte in ihrer Handtasche nach der Wasserflasche, da stand plötzlich Hannah neben ihnen. »Na, Kim, bist du wieder auf Recherchetour?«

Kim nickte sofort. »Und du heute mal in Zivil und nicht als Hase unterwegs?«

Hannah winkte Adam zu, der immer noch an dem Graffiti herumwischte, und holte dann ein zusammengerolltes Stück Papier aus der Tasche. »Heute bin ich mal als Detektivin in

Sachen Kims Reportage unterwegs. Dieses Schreiben kam vorhin mit der Post, ich habe es auf Schmidts Schreibtisch gefunden. Ich hatte nämlich gestern meine Hasenohren in seinem Büro liegen lassen. Zum Glück hat er nichts bemerkt.« Hannah lachte.

Kim nahm das Papier in die Hand, rollte es auf und las leise vor: »Wenn Sie nicht sofort bessere Arbeitsbedingungen schaffen und aufhören, alle um Sie herum kaputt zu machen, wird es bald einen großen Skandal geben. Keine Polizei, dann wird es noch schlimmer.« Kim rollte den Drohbrief wieder zusammen. »Meint ihr, Schmidt hat dem Kommissar den Brief gezeigt?«

Hannah schüttelte den Kopf. »Der war vorhin wegen des Graffitis hier und ich hab beobachtet, wie Schmidt den Brief schnell hat verschwinden lassen, als Peters kam.«

»Danke, Hannah! Du kannst bei uns einsteigen«, sagte Marie augenzwinkernd und erntete sofort einen vorwurfsvollen Blick von Kim und Franzi, denn die drei !!! weihten grundsätzlich keine Außenstehenden in die Ermittlungen ein.

»Einsteigen?«

»Ja, in unseren *Kims Reportage-Recherche-Club*«, log Marie schnell und Hannah musste lachen.

»Ob Herr Schmidt irgendwelche Feinde hat?«, überlegte Kim laut.

»Torsten Schmidt ist eigentlich okay, ich kenne ihn schon, seit ich klein bin. Er war mal der beste Freund von meinem Vater, aber jetzt streiten sie nur noch.«

»Ach, echt? Der Mann, mit dem Schmidt gestritten hat, hat doch gesagt, dass es ihm reicht, dass du hier arbeitest. War das dein Vater? Heißt er Matthias?« Franzi sah Hannah neugierig an.

»Ja, Matthias Velte.«

Kim war überrascht. »Das ist doch der Landwirt?«

»Ja, woher kennt ihr ihn denn?«

»Er beliefert Frau Blume, die Inhaberin des Tante-Emma-Ladens bei uns im Viertel«, erzählte Kim.

Hannah steckte ihr Handy wieder ein. »Wollen wir in der Bäckerei ein Stück Kuchen zusammen essen?« Hannah lächelte die drei Mädchen an.

»Kim kann ja einen grünen Smoothie trinken, ich bin dabei.« Marie marschierte los.

»Haha, sehr witzig.« Kim rollte genervt mit den Augen.

»Mein Vater kennt Torsten Schmidt schon sein ganzes Leben, als Kinder haben sie zusammen gespielt, dann waren sie auf derselben Schule und haben beide Landwirtschaft studiert, und danach gemeinsam einen Bauernhof gekauft und aufgebaut. Sie wollten den Bio-Anbau vorantreiben. Als Schmidt gemerkt hat, dass sie damit nicht so schnell reich werden, hat er einen anderen Weg eingeschlagen. Finde ich auch total okay, aber mein Vater fühlt sich betrogen. Und seit seine Geschäfte immer schlechter laufen, sucht er nach Schuldigen«, erzählte Hannah, während sie den Supermarkt betraten.

»Hmm, glaubt er, dass Schmidt Schuld hat?« fragte Marie.

»Irgendwie schon«, sagte Hannah nachdenklich.

»Weißt du, worüber die beiden neulich gestritten haben?« Kim versuchte, nicht zu neugierig zu klingen.
»Warum willst du das denn alles wissen? Ist das wichtig für deine Reportage?« Hannah sah Kim überrascht an.
»Kim ist eben sehr neugierig«, erklärte Marie schnell, möglichst beiläufig.
»Ich glaube, Schmidt wollte meinem Vater ein Geschäft anbieten.«
»Was denn für eins?«, bohrte Kim nach.
»Wenn sie streiten, geht es meistens darum, dass Schmidt meinen Vater mit ins Boot holen will. Er soll seine Produktion hochschrauben, dann will Schmidt seine Bioprodukte in sein Sortiment aufnehmen.«
»Und das will er nicht?«, hakte Marie nach.
»Nee, mein Vater ist ein Weltverbesserer. Er möchte lieber glückliche Kühe und Schweine haben, um die er sich selber kümmern kann.« Hannah sah auf ihre Uhr. »Oh, meine Osterhasenschicht beginnt. Den Kuchen müssen wir verschieben.«

Motive im Überfluss

Die drei Mädchen radelten einen holprigen Steinweg entlang, direkt auf einen kleinen Bauernhof zu. Vor dem Bauernhaus war ein großer Platz, auf dem neben einem echten Traktor auch mehrere Spieltraktoren für Kinder parkten.

Marie sprang von ihrem Rad. »Hier muss ich mal mit Finn herkommen, der wird ausrasten.« Sie setzte sich auf eins der kleinen Fahrzeuge und trat heftig in die Pedale. Während Kim von ihrem Rad abstieg und sich auf eine Bank plumpsen ließ, fuhr Marie einmal im Kreis um sie herum. Kim musste lachen, denn Marie war viel zu groß für das winzige Gefährt.

Links vom Wohnhaus war eine kleine, umgebaute Scheune mit einer Glasfront. Darüber war ein Schild mit großen Buchstaben: »Veltes Biowelt«. Gegenüber lag ein Schweinestall, aus dem friedliches Grunzen zu hören war.

»Hallo, ihr Schweine. Euch geht es gut hier, oder?« Franzi war zum Schweinestall gegangen. Ein Schwein grunzte, als würde es Franzi antworten. Kim und Marie, die ebenfalls dazugekommen waren, lachten.

»Franzi, die Schweineflüsterin.« Maries Stimme klang nasal, denn sie musste sich bei dem Geruch die Nase zuhalten.
»Na, das ist wohl etwas zu viel Natur für die feine Dame?«, ertönte eine tiefe Stimme. Die drei drehten sich erschrocken um. Hinter ihnen stand Bauer Velte. Ein Landwirt, wie man ihn sich vorstellte: ein kräftiger Mann mit einem kantigen Gesicht, der eine grüne Latzhose trug, schwere Stiefel und ein dunkles, weites Arbeitshemd, dessen Ärmel hochgekrempelt waren.
Er lächelte die drei !!! freundlich an. »Kann ich etwas für euch tun?«
»Ich bin Kim, das sind meine beiden Freundinnen Franziska und Marie. Wir würden gerne bei Ihnen einkaufen.«
»Freut mich, euch kennenzulernen.« Velte gab den Mädchen die Hand. »Aber ich muss euch leider enttäuschen. Der Hofladen ist für heute schon geschlossen.«
»Können Sie nicht eine Ausnahme machen, wir brauchen dringend noch einen Salat.« Marie lächelte den Bauern freundlich an. »Meine Freundin macht heute ihren grünen Tag.« Sie zwinkerte Kim zu, die das nicht so witzig fand.
Der Bauer schüttelte bedauernd den Kopf. »Es war heute zu wenig los, wisst ihr. Ich hab das Wechselgeld schon weggeschlossen.«
»Schade. Beim *Superkauf* waren gestern Maden im Salat. Den wollten wir nicht kaufen.« Kim beobachtete gespannt, wie Velte reagierte.
»Aha, ist ja seltsam. Ach, hab ich euch da gestern nicht gesehen?« Velte sah die Mädchen interessiert an.

Kim nickte. »Wir haben uns über die Maden beschwert. Sie haben sich auch beschwert, oder?«

»Kann man so sagen.« Velte seufzte. »Kann ich sonst noch etwas für euch tun?«

Franzi deutete auf einen Futtertrog. »Darf ich?«

Als Velte nickte, nahm sie eine Möhre aus dem Futtertrog und hielt sie dem Schwein hin, das sofort zu fressen begann.

»Oh, Freddi scheint dich zu mögen.« Velte lächelte. »Er macht mir momentan ein bisschen Sorgen, weil er nicht mehr so viel frisst«, erklärte der Bauer.

Franzi freute sich. »Haben Sie schon von der Sache mit dem Fleisch gehört? Jemand muss beim *Superkauf* Verbrauchsdatumaufkleber gefälscht haben. In den Kühlregalen war gestern verdorbenes Fleisch und es hat sich daran schon jemand mit Salmonellen vergiftet.«

Velte wurde hellhörig. »Tatsächlich?«

»Ja, und heute war ein riesiges Spinnengraffiti an der Supermarktwand.« Kim nahm ihr Handy aus der Tasche und drückte es Velte in die Hand.

Der Bauer sah sich das Foto auf dem Display genau an. Kim, Franzi und Marie tauschten einen kurzen Blick aus.

»Dürfen wir Sie mal etwas fragen?« Marie lächelte freundlich.

»Klar.«

»Ist der *Superkauf* Ihrer Meinung nach schuld daran, dass Ihre Geschäfte nicht ganz so gut laufen?«

»Nicht ganz so gut ist untertrieben. Sie laufen gar nicht mehr. Torsten Schmidt, dessen Bekanntschaft ihr ja anscheinend auch gemacht habt, geht es nur ums Geld. Ohne Rücksicht auf Verluste.«

»Kann es sein, dass Sie ihm eins auswischen wollen?« Kim nahm ihr Handy aus Veltes Hand und steckte es wieder in die Jackentasche.

Velte hob die Hände. »Moment mal, wollt ihr mir unterstellen, dass ich das alles war?«

Kim räusperte sich. »Sie müssen zugeben, dass Sie ein starkes Motiv haben!«

»Das ist eine ganz schön freche Unterstellung! Was erlaubt ihr euch eigentlich?« Velte wirkte nun gar nicht mehr so freundlich.

»Ich bin mit Ihrer Tochter Hannah im Schreibworkshop und möchte eine Reportage über große Supermärkte schreiben«, flunkerte Kim.

»Damit ihr Ruhe gebt: Meine Kuh Elsa hat in der Nacht von Freitag auf Samstag gekalbt. Am Samstag war ich ganz früh mit dem Tierarzt Winkler zugange. Er hat mir geholfen, weil es Elsa nicht so gut ging.«

»Das ist mein Vater! Ich bin Franzi Winkler.«

»Dann fragt ihn doch. Und lasst mich in Zukunft mit solchen Beschuldigungen in Ruhe.«

Velte ging die zwei Stufen zu seiner Haustür hinauf und nahm etwas Grünes aus einer Kiste, die davorstand. Er warf es Kim zu und sie fing es auf. »Hier, ein knackiger Kopfsalat, garantiert madenfrei und grün.« Dann verschwand er im Inneren des Hauses.

»Hmmm, er war es nicht.« Franzi nahm noch eine Möhre aus dem Futtertrog und biss selbst hinein, ehe sie sie dem Schwein hinwarf. »Lass es dir schmecken, Freddi.«

»Wer weiß, vielleicht hat Velte ja auch einen Komplizen. Lasst uns lieber noch mal deinen Vater fragen. Und Veltes Fingerabdrücke überprüfen.« Kim stieg auf ihr Rad.

»Und woher sollen wir Veltes Fingerabdrücke bekommen?« Franzi wischte sich die Hände an ihrer Hose ab.

Kim zückte ihr Handy und grinste. »Wir haben sie schon. Auf meinem Handy.«

»Super, Kim!« Die drei !!! klatschten sich ab.

Detektivtagebuch von Kim Jülich
Samstag, 22:15 Uhr

Unser neuer Fall ist echt vertrackt. Aber das Traurigste zuerst: Frau Blume muss wahrscheinlich ihren Tante-Emma-Laden schließen, in dem wir schon einkaufen, seit ich denken kann. Ich mag sie so gerne. Früher, wenn ich mit Nils (Frau Blumes Enkel) gespielt habe, durfte ich dort oft zum Mittagessen bleiben. Frau Blume hat die besten Spaghetti bolognese gemacht. Und zum Nachtisch gab es immer Schokoladeneis. Mir tut es so leid, wenn sie jetzt wegen diesem Riesenklotz-Supermarkt so einen Ärger hat.

Und was auch schrecklich war: die Maden im Salat beim Superkauf. Igitt! Ob das verdorbene Fleisch und das Graffiti damit in Zusammenhang stehen, ist noch unklar. Der frühere Freund von Filialleiter Torsten Schmidt, Matthias Velte, mit dem er Streit hat, hat jedenfalls nichts damit zu tun. Das können wir schon ziemlich sicher ausschließen. Seine Fingerabdrücke auf meinem Handy waren eindeutig andere als die auf

den Fleischverpackungen und dem Drohbrief an Schmidt, den Hannah uns zugespielt hat. Und Franzis Vater war tatsächlich die halbe Nacht bei Velte, weil es Probleme gab, als seine Kuh gekalbt hat. Zum Glück geht es Kuh und Kalb gut. Auf dem Drohbrief waren dieselben Fingerabdrücke, die wir auch auf den Fleischverpackungen gefunden haben. Das spricht dafür, dass der Täter nicht sonderlich professionell vorgeht. Und zum Graffiti: Ich hab gerade im Internet den Begriff Spinnengraffiti eingegeben. Dazu habe ich nichts gefunden, aber ich bin auf eine spirituelle Seite gestoßen, wo Spinnen als Krafttiere bezeichnet werden, weil sie ihre Netze so geschickt weben, dass es für die Insekten kein Entkommen gibt. Spinnen haben aber auch gute Eigenschaften, denn sie schaffen es, stabile Netze zu weben. Der Mensch soll sich daran ein Beispiel nehmen und seine eigenen Stärken finden. Einen richtigen Reim kann ich mir darauf noch nicht machen, aber interessant ist es. Und dann gab es bei dem Graffiti auch keinen Schriftzug oder zumindest ein »Tag«. Das ist Graffiti-Sprache, wie ich auch im Internet erfahren habe. Es ist Englisch und bedeutet so was wie »Unterschrift«. Sprayer haben meistens eine Signatur, die sie dann unter ihre Bilder »taggen«.
Leider gibt es momentan sehr viele offene Fragen: Wer hat das abgelaufene Fleisch mit neuem Verbrauchsdatum versehen? Was haben die Maden im Salat zu suchen? Wer möchte dem Supermarkt schaden? Marie, Franzi und ich werden uns am Montagmorgen bei Frau Blume treffen und sie noch mal befragen.

Geheimes Tagebuch von Kim Jülich
Samstag, 22:45 Uhr

Achtung! Wer in Kim Jülichs geheimem Tagebuch liest, wird ab sofort jeden Tag Maden in seinem Essen finden. Oder besser: Nachts, wenn du schläfst, wird sich eine Spinne über deinem Gesicht von der Decke abseilen ...

Endlich ein neuer Fall für *Die drei !!!*. Jetzt überlege ich wenigstens nicht mehr ununterbrochen, worüber ich meine Reportage schreiben soll, aber es schwirrt mir immer im Hinterkopf herum. Sebastian hat mich für die Reportage über das syrische Flüchtlingsmädchen Aveen so gelobt, dass ich echt rot geworden bin. Es ist mir irgendwie so wichtig, dass ihm die nächste Reportage auch gefällt. Hoffentlich habe ich keine Schreibblockade. Na ja, immerhin kann ich noch Tagebuch schreiben … Aber Sebastian ist so ein guter Journalist, da möchte ich mich einfach nicht blamieren. Apropos blamieren: Marie flirtet immer noch die ganze Zeit mit Sami, obwohl er sie immer abblitzen lässt. Macht sie das, um sich von Holger abzulenken? Ich glaube, sie vermisst ihn mehr, als sie zugeben würde.
So, jetzt muss ich schlafen, ich bin nach dem ganzen Durcheinander ganz schön verwirrt.

Als die drei Detektivinnen am Montagmorgen bei Frau Blumes Laden ankamen, war es im Inneren dunkel.
Kim versuchte, die Tür aufzumachen, aber sie war verschlossen. Sie zeigte auf das Öffnungszeitenschild. »Hier steht, dass der Laden ab acht Uhr geöffnet ist.«
Franzi sah auf ihr Handy. »Es ist kurz nach neun.«
»Was, so spät schon?« Ein Mann drängelte sich an ihnen vorbei und schloss die Ladentür auf. Kim erkannte ihn sofort: Es war Thomas Blume, Frau Blumes Sohn und der Vater von Kims früherem Sandkastenfreund Nils.
»Hallo, Herr Blume. Ich bin's, Kim. Das sind Franzi und Marie. Ich hab früher mit …«
»Kim, schön dich zu sehen!« Thomas Blume schüttelte den drei Mädchen die Hand. Sie folgten ihm in den Laden. »Leider

könnt ihr heute nichts kaufen.« Er holte ein Schild aus seinem Rucksack, auf dem »Vorübergehend geschlossen« stand.
»Ist Ihre Mutter krank?« Kim sah Thomas Blume besorgt an.
»Nicht direkt. Eher krank vor Sorge.« Herr Blume hängte das Schild von innen an das Glasfenster.
Kims Blick fiel auf die Vase mit den Osterglocken, die Frau Blume zu ihrem Osternest gestellt hatte. Die Blumen ließen ihre Köpfe hängen.
»Hat der *Superkauf* damit zu tun?«, fragte Marie vorsichtig.
»Ja, am liebsten würde ich den eigenhändig wieder in den Boden zurückstampfen.« Auf Herrn Blumes Stirn bildete sich eine Zornesfalte.
»Da sind Sie nicht der Einzige.« Kim nahm die Vase mit den Osterglocken, ging damit zum Waschbecken und ließ frisches Wasser hineinlaufen.
»Ja, ich hab mitbekommen, dass da gerade einiges schiefläuft. Das mit dem verdorbenen Fleisch ist echt übel. Aber das Graffiti war wirklich gut. Richtige Kunst.« Herr Blume konnte sich ein leicht hämisches Lächeln nicht verkneifen. Kim nahm sich ein kleines Schokoladenei aus dem Osterkörbchen und steckte es gedankenverloren in den Mund.
»Ich muss Sie mal was fragen. Kann es sein, dass Sie mit dem Graffiti etwas zu tun haben? Sie sind ja auch Künstler.« Kim blickte Herrn Blume gespannt an.
»Also, meine Damen, ich weiß gar nicht, ob das jetzt ein Kompliment oder eine Beleidigung war. Das Graffiti ist zwar toll, aber so was mache ich doch nicht mehr.«

»Haben Sie ein Alibi für Freitagnacht und Samstagmorgen?« Franzi sah Herrn Blume erwartungsvoll an.
»Ich bin seit Freitagmorgen bei meiner Mutter und habe in der Nacht von Freitag auf Samstag mit ihr zusammengesessen und Bilanzen gewälzt. Dann haben wir lange geschlafen und später in Ruhe gefrühstückt. Aber mal raus mit der Sprache: Warum wollt ihr das wissen?« Herr Blume öffnete eine Gefriertruhe und holte eine Packung Erbsen heraus.
»Wir sind Detektivinnen und ermitteln in dem Fall«, erklärte Franzi.
»Das ist ja toll. Wenn ihr den Sprüher findet – sagt ihm, ich möchte ihn unbedingt kennenlernen. Er hat Talent.«
Herr Blume zwinkerte den drei Mädchen zu. Dann holte er eine Tüte hinter dem Kassentresen hervor, legte die Erbsen rein und ging zur Tür. »Ich muss zurück zu meiner Mutter.«
Die drei !!! verließen gemeinsam mit Herrn Blume den Laden.

»Der war es also auch nicht«, stellte Marie fest, als sie sich verabschiedet hatten.
Kim stieg auf ihr Fahrrad. »Noch mal zum *Superkauf*?«
Franzi und Marie nickten.

Tappen im Dunkeln

Nach wenigen Minuten erreichten die drei Mädchen die Einfahrt des *Superkauf*-Parkplatzes und trauten ihren Augen nicht: Ein neues, noch größeres Graffiti zierte die Wand des Supermarktes!
»Das ist ja riesig!« Kim zückte ihr Handy und fotografierte es aufgeregt.
Es war wieder eine Spinne, dieses Mal im Netz, außerdem waren jetzt Schriftzeichen dabei.
»Was soll denn das heißen?« Franzi kniff die Augen zusammen.
Kim konzentrierte sich. Die Buchstaben waren ziemlich schräg, außen schwarz umrandet und jeder hatte eine andere Farbe. ›Lasst dem Einzelhandel seinen Raum‹, las Kim langsam vor.
»Was genau ist der Einzelhandel?« Franzi sah ihre Freundinnen verwirrt an. »Kann man da nur einzelne Sachen kaufen, oder was?«
»Ich glaube, damit sind einzelne Geschäfte gemeint, die nicht

zu einer Kette gehören, so wie der Tante-Emma-Laden von Frau Blume«, vermutete Marie.
Kim überlegte. »Und wer würde so was an eine Supermarktwand sprühen?«
»Also, Blume und Velte sind zwar Einzelhändler, aber waren es nicht.« Kim sah in die ratlosen Gesichter ihrer Freundinnen. »Ich frage Frau Blume lieber noch mal, ob sie das Alibi ihres Sohnes bestätigt, okay?«, schlug Kim vor.
Marie und Franzi nickten.
Die drei !!! bemerkten, dass einige Kunden vor dem Graffiti stehen blieben. Kim hörte, wie ein Mann sagte: »Das bisschen Gemüse kaufen wir einfach im kleinen Laden an der Ecke.«
Auch Herr Schmidt, der auf die drei !!! zukam, hörte das. »Seht euch das an. Das muss sofort weg.«
Wie auf Kommando kam Adam mit einer Leiter und einem Eimer aus der Tür. »Herr Schmidt, das Graffiti ist echt eine Nummer zu groß für einen allein.«
»Quatsch, Sie schaffen das.« Es schien Schmidt nicht zu interessieren, was Adam sagte. »Dann holen Sie eben eine größere Leiter.«
»Soweit ich weiß, sollte ich im Lager aushelfen.« Adam winkte den drei !!! zu, die den Gruß erwiderten.
Herr Schmidt wurde wütend. »Wenn Sie sich dafür zu schade sind, dann gehen Sie wieder ins Lager zum Klopapier.« Adam kniff die Augen zusammen, lehnte die Leiter an die Wand, stellte den Eimer mit den Reinigungsmitteln ab und zog sich das knallblaue Arbeitsshirt aus. Das hängte er Herrn Schmidt

um den Hals. »Das war's. Ich lasse mich ab jetzt nicht mehr rumkommandieren für den lächerlichen Lohn.« Adam drehte sich um und ging.
»Oh Mann!« Herr Schmidt verdrehte genervt die Augen. »Habt ihr schon etwas rausgefunden?« Während Schmidt sich gestresst an die drei !!! wendete, sah Kim, dass Adam im Weggehen ein kleiner Zettel aus der Hosentasche rutschte. Sie wollte erst rufen, sagte dann aber nichts.
»Herr Velte hat ein Alibi, das mein Vater bestätigen kann«, erklärte Franzi.
»Wie seid ihr denn auf Matthias Velte gekommen?«
»Detektivinnengeheimnis.« Kim tat so, als ob sie sich die Schnürsenkel zubinden müsste. Dabei hob sie das Papier, das Adam gerade verloren hatte, unauffällig auf und steckte es in ihre Hosentasche.
»Ich muss mich jetzt schnellstens darum kümmern, dass die Schmiererei hier entfernt wird. Ihr könnt euch gerne melden, wenn es etwas Neues gibt.« Herr Schmidt winkte und verschwand.
Kim machte noch ein weiteres Foto von dem Graffiti.
»Ziemlich cool, was?« Von hinten hatte sich Adam den drei !!! genähert. Er trug jetzt ein schwarzes T-Shirt, eine verwaschene Jeans und Turnschuhe.
»Ja, ist schon echt ganz cool«, gab Kim zu.
Adam lächelte, dann schwang er sich auf sein Fahrrad. »Macht's gut, Mädels, man sieht sich.«
»Wisst ihr was?«, begann Marie, als Adam davonradelte.

»Wenn Schmidt das Graffiti wieder entfernen lässt, dann kommen die Sprayer doch bestimmt noch mal wieder.« Kim wusste sofort, was Marie ihnen sagen wollte. »Okay, dann legen wir uns heute Nacht auf die Lauer.«
Franzi nickte zustimmend. »Was sagen wir unseren Eltern?«
»Vielleicht, dass Marie ganz schlimmen Liebeskummer hat und wir ihr heute Nacht beistehen müssen?«
»Ist ja noch nicht mal richtig gelogen.« Marie guckte traurig.
»Und ich sage, dass ich zu Kim muss, um ihr mit der Reportage zu helfen.«

Es war schon dunkel, als die drei !!! sich wieder auf dem Parkplatz trafen.
»Ich hab vorhin Frau Blume besucht. Sie hat das Alibi ihres Sohnes bestätigt. Und es geht ihr gar nicht gut«, berichtete Kim traurig, während die drei Mädchen beobachteten, wie Kunden und Supermarktmitarbeiter nach und nach das Gebäude verließen. Unauffällig nahmen sie im Einkaufswagenhäuschen ihren Überwachungsposten ein.
Zwei Männer in schwarzer Uniform näherten sich ihrem Versteck. Sie schoben einen leeren Einkaufswagen vor sich her und hatten Taschenlampen dabei.
»Oh nein, die schieben den Wagen hier ins Häuschen«, flüsterte Kim und duckte sich. Die drei Mädchen kauerten neben den beiden Wagenreihen und hielten den Atem an. Der Schein der Taschenlampe kam immer näher. Plötzlich hörten sie lautes Hundegebell.

»Schon wieder der Kläffer«, sagte einer der Männer. Aus dem Augenwinkel sah Kim, wie er den Einkaufswagen, ohne hinzusehen, in das Häuschen schob.
»Na, Hundchen, wo ist denn dein Herrchen?« Die beiden Wachmänner entfernten sich wieder.
Erleichtert atmeten die Mädchen auf. Aus ihrem Versteck heraus beobachteten sie, wie die Männer auf den Mischlingshund zugingen. Der Hund hörte auf zu bellen und ließ sich von einem der Männer streicheln, während der andere Mann sich suchend umsah. »Komisch, warum kommt der Hund immer allein hierher?«
»Der hat eine Hundemarke, warte, ich schreib mir mal seine Nummer auf.« In dem Moment lief der Hund allerdings davon. »Kann man nichts machen«, hörten die drei !!! den anderen sagen.
Die Männer kontrollierten die Eingangstür des Supermarktes und das Tor am hinteren Ende des Gebäudes. Dann stiegen sie in ein Auto und fuhren davon.
»Puh, Schwein gehabt.« Kim nahm einen Schluck aus ihrer Wasserflasche.
»Nee, Hund gehabt«, sagte Franzi erleichtert. »Ohne den Hund wären wir aufgeflogen.«
»Komisch, was macht ein Hund nachts allein auf einem Supermarktparkplatz?«, wunderte sich Marie.
»Ja wohl kein illegales Graffiti an die Wand sprühen.« Kim rieb nachdenklich ihre kalten Hände aneinander. »Ist Blake eigentlich noch oft bei der Halfpipe?«

»Ja, wieso?« Franzi zog sich ihre Mütze tiefer ins Gesicht.
»Vielleicht kennt er irgendwelche Sprayer? Da ist doch auch diese Wand in der Nähe, wo man offiziell sprayen darf.«
»Ich frage ihn mal.« Franzi zog ihr Handy aus der Tasche und schrieb eine SMS an Blake.
»Wie läuft es eigentlich bei euch?« Marie streckte ihre Beine aus und lockerte sie.
»Gut. In letzter Zeit haben wir ziemlich viel zusammen gemacht.« Franzi steckte ihr Handy ein und sah unsicher zu Marie.
»Du musst mich nicht so angucken. Ich freue mich für euch!« Marie lächelte Franzi an, die erleichtert zurücklächelte.
Plötzlich schrie Franzi auf und hielt sich sofort die Hände vor den Mund.
»Was ist?« Marie sah Franzi erschrocken an.
Da kam eine kleine Hundeschnauze hinter Franzi zum Vorschein.
»Du hast mich aber erschreckt. Was bist du denn für ein goldiges Kerlchen?« Der Hund stupste Franzi mehrmals mit der Schnauze gegen die Hand und ließ sich von ihr knuddeln.
»Das ist ja der Hund von vorhin.« Marie sah sich um. »Und wo ist dein Herrchen?«
Kim nahm ihr Handy, um ein Foto von der Hundemarke am Halsband des Mischlings zu machen, aber in dem Moment lief der Hund schon wieder weg. Und zwar geradewegs auf drei Gestalten zu, die sich plötzlich vom hinteren Teil des Parkplatzes näherten. Sie hatten dunkle Kapuzenpullis an, die Kapuzen

auf dem Kopf und Tücher vor das Gesicht gebunden. Der Hund sprang schwanzwedelnd an einer der Personen hoch.
»Der kennt den Hund. Ist das seiner?«, flüsterte Kim.
Franzi legte den Kopf schräg. »Glaub ich nicht, guck mal, der haut schon wieder ab.« Die drei !!! beobachteten, wie der Hund in der Dunkelheit verschwand.
Angespannt lugten die drei Mädchen aus ihrem Versteck heraus.
Die drei Gestalten holten Spraydosen aus ihren Rucksäcken und begannen, an die Außenwand neben dem Eingang zu sprayen.
»Wollen wir Kommissar Peters rufen?«, flüsterte Franzi.
»Wenn jetzt ein Polizeiauto kommt, sind die so schnell weg, wie sie gekommen sind.« Kim versuchte, die Gesichter der Sprayer zu erkennen, aber sie waren zu weit weg und außerdem vermummt. »Das sind auf jeden Fall drei Jungs, oder?!«
Marie nickte. »Und sie machen das scheinbar öfter.«
Die drei !!! beobachteten fasziniert, wie alle drei Sprayer nebeneinander arbeiteten und sich schließlich ein großes Bild daraus ergab.
»Wieder eine Spinne im Spinnennetz«, wisperte Marie.
Während zwei der Jungen dem Tier den letzten Feinschliff gaben, sprühte der dritte bereits einen Schriftzug daneben. Im Schein der Laternen war das schwer zu erkennen. Kim kniff die Augen zusammen. »Wir müssen näher ran«, flüsterte sie ihren Freundinnen zu. Ihr fiel erst jetzt auf, dass relativ nah an der Wand, an der die Sprüher das Graffiti sprühten, ein einzelnes

Auto auf dem Parkplatz parkte. »Kommt, wir laufen zu dem Auto dahinten«, flüsterte sie ihren beiden Freundinnen zu. Schnell verließ Kim in gebückter Haltung ihr Versteck. Franzi und Marie folgten ihr. Sie hockten sich hinter das Auto. Jetzt konnte Kim die Buchstaben entziffern. ›Tod dem Discounter‹, las sie leise vor. »Wie unheimlich ist das denn?«

»Ich versuche noch mal, näher ranzukommen, um ein Foto von den Typen zu machen.« Franzi nahm ihr Handy und stand vorsichtig auf.

»Warte! Vielleicht sind die gefährlich.« Kim hielt Franzi am Ärmel fest.

Franzi setzte sich die Kapuze ihrer Jacke auf. »Die bekommen nichts mit und ich mach auch ganz schnell.« Kim und Marie beobachteten nervös, wie Franzi sich seitlich ganz nah an die vermummten Gestalten anschlich. Sie schoss ein Foto von der Seite, dann trat sie vorsichtig, ohne dass die Typen es merkten, den Rückzug an. Als sie fast wieder bei Kim und Marie angekommen war, schepperte es plötzlich fürchterlich. Franzi blieb mit dem Handy in der Hand erstarrt stehen. Sie war aus Versehen gegen eine Dose getreten und sofort drehten sich die drei Typen zu ihr um. Einer von ihnen baute sich vor Franzi auf, während die anderen die Spraydosen in ihre Rucksäcke warfen.

»Was machst du hier?« Franzi hatte es die Sprache verschlagen.

»Oh nein!« Kim hielt sich die Hand vor die Augen, schielte aber durch die Finger hindurch. »Wir müssen ihr helfen!«, flüsterte sie Marie zu und stand nun ebenfalls auf. Auch Marie

kam aus der Deckung. Die anderen beiden Sprayer liefen los. Einer der beiden sprang über die Motorhaube des Autos, hinter dem die drei !!! sich gerade versteckt hatten.
»Der macht Parkouring!«, stellte Marie überrascht fest.
Kim sah zu Franzi, die noch immer dem dritten Sprayer gegenüberstand.
»Was machst du hier?«, wiederholte er mit tiefer Stimme. Kim vermutete, dass er schon etwas älter war. Mit Marie an der Hand trat sie neben Franzi.
»Wir dachten, der *Superkauf* ist bis Mitternacht geöffnet, und wollten noch was einkaufen«, log Marie mit fester Stimme.
»Lösch sofort das Foto, das du gerade gemacht hast«, forderte der vermummte Sprayer Franzi auf. Kim betrachtete ihn genau, konnte aber außer seinen blauen Augen nichts erkennen. Er trug eine blaue Jeans und schwarze Turnschuhe.
»Was ist? Löschst du es jetzt?« Der junge Mann kam Franzi bedrohlich nahe.
»Mach es bitte«, flüsterte Marie.
»Was ist, wenn ich es nicht mache?« Franzi sah die dunkel gekleidete Gestalt herausfordernd an.
Kims Herz raste, ihre Beine zitterten. Warum machte Franzi nicht, was der Typ verlangte?
»Dann hast du Pech gehabt, Mädchen!« Kim wollte ihrer Freundin gerade das Handy aus der Hand nehmen, um selbst das Foto zu löschen, da riss der Sprayer es aus Franzis Hand und ging mit schnellen Schritten davon. Nach ein paar Metern drehte er sich noch mal um. »Keiner macht ein Foto. Und

wenn ihr mir noch mal hinterherschnüffelt, dann werdet ihr nicht nur um euer Handy weinen.«

Die drei !!! blieben in Schockstarre stehen, und erst als er weg war, nahmen Kim und Marie Franzi in den Arm. So standen die Mädchen eine Weile.

Kim löste sich als Erste aus der Umarmung. »Warum hast du das verdammte Foto denn nicht gelöscht?«

»Ich wollte doch nicht einfach so Beweise vernichten.« Franzi kickte wütend die Dose weg, über die sie gestolpert war. Es schepperte laut. »So ein Mist! Was soll ich denn jetzt meinen Eltern sagen, wo mein Handy ist?«

»Da fällt uns schon was ein.« Marie nahm tröstend Franzis Hand.

Spinnenalarm!

»Gute Idee mit dem zweiten Frühstück.« Franzi nahm einen Schluck von ihrem *Kakao Spezial.* Die drei Mädchen hatten bei Marie übernachtet und dann noch zusammen mit der ganzen Familie Grevenbroich gefrühstückt. Jetzt saßen sie in ihrem Stammcafé, dem *Lomo,* in der Sofaecke.

»Wobei ich auch gerne noch einen von Samis Pfannkuchen gegessen hätte.« Kim lächelte ihre beiden Freundinnen an.

Marie zog die Schultern hoch und grinste schief. »Ja, sorry, aber Sami hat mir keine herzförmigen Pancakes gemacht, da wollte ich lieber los.«

Franzi musste laut loslachen, aber Marie schien das gar nicht so lustig zu finden: »Du hast gut lachen, du hast doch deinen Traumjungen gefunden.«

»Tut mir leid, Marie.« Sie drückte Maries Hand und Marie drückte zurück.

»Gefunden hab ich meinen Traumjungen, aber ich kann mich gar nicht bei ihm melden, so ohne Handy.« Franzi nahm noch einen großen Schluck von ihrem Kakao.

Kim holte ihr Handy aus ihrer Tasche. »Hier, nimm doch meins. Aber verrat ihm nicht, was mit deinem Handy wirklich los ist.«

»Ich bin doch nicht verrückt.« Franzi rutschte an den äußeren Rand des Sofas und wählte Blakes Nummer. Er schien auch gleich abzuheben, denn Franzi redete munter drauflos.

»Es war echt bescheuert, dass wir uns so nah angeschlichen haben.« Marie biss genussvoll in ein Croissant.

Kim pickte mit dem Finger die letzten Krümel ihres Croissants vom Teller. »Was hätten wir denn machen sollen? Wir waren zuerst viel zu weit weg.«

»Marie hat schon recht, ich hätte mich ja nicht direkt neben die Typen stellen müssen. Gebracht hat es jedenfalls nichts, und mein Handy ist jetzt auch weg.« Franzi gab Kim ihr Handy zurück.

Kim steckte es wieder ein. »Hast du deine SIM-Karte schon sperren lassen?«

»Ja, und zum Glück habe ich es mit einem Sicherheitscode gesperrt. So kommt der Typ immerhin nicht an meine Fotos. Aber irgendwie habe ich jetzt Angst vor ihm.«

»Wir sind in Zukunft vorsichtiger, okay?« Kim strich Franzi über die Schulter.

»Okay«, sagte Franzi mit leiser Stimme.

»Alles klar mit Blake?«, fragte Marie.

Franzi nickte. »Zum Glück hat er mir abgenommen, dass mein Handyakku alle ist. Wir wollen heute Abend ins Kino. Ach so, und er kennt keine Sprayer.«

»Ich brauche heute mal einen Beautyabend mit Maniküre.« Marie betrachtete ihre Fingernägel.
»Wir brauchen jetzt was ganz anderes.« Kim rückte näher an Marie heran und lächelte ihre Freundinnen verschwörerisch an.
»Was denn? Noch einen *Kakao Spezial*?« Marie trank den letzten Schluck ihres Getränkes aus.
»Wohl eher eine Extraportion Power.« Franzi kam auch herangerückt. Die drei Mädchen legten ihre Hände aufeinander.
Kim sagte: »Eins!«
Franzi folgte mit: »Zwei!«
Marie sagte: »Drei!«
Schließlich warfen sie ihre Arme in die Höhe und sagten alle zusammen: »Power!!!«
Kim merkte, wie sich wohltuende Wärme in ihrem Körper ausbreitete. Sie fühlte sich unbeschwert und stark. Und auch ihren beiden Freundinnen schien der Powerspruch gutgetan zu haben.
»Ich will mein Handy zurück«, sagte Franzi resolut.
Marie winkte der Bedienung zu und hielt grinsend drei Finger in die Höhe. »Die nächste Runde *Kakao Spezial* geht auf mich«, verkündete Marie gut gelaunt. »Und danach fahren wir zum *Superkauf* und gucken uns das Graffiti noch mal bei Tageslicht an.«

Einen *Kakao Spezial* und eine Stunde später radelten die drei !!! auf den Parkplatz des *Superkaufs*.

Marie sprang von ihrem Rad. »Oh nein! Schon wieder weg. Die sind ja echt schnell mit der Tatortreinigung.«
Die drei !!! schoben ihre Räder in den Fahrradständer.
»Hätte ich bloß noch mein Handy, dann hätten wir immerhin ein Foto.« Franzis Blick fiel auf die Dose, über die sie in der Nacht gestolpert war und die sie weggekickt hatte. Sie lag unter einer Bank. »Das ist ja eine Sprühdose!«
»Hey, hallo, Nils!« Kim winkte einem Jungen zu, der gerade aus dem *Superkauf* kam, während Franzi die Dose einsteckte.
»Ach, Kim, hallo! Wir haben uns ja ewig nicht gesehen.« Kim stellte Nils Franzi und Marie vor. Er grüßte knapp.
»Ich hab deinen Vater gestern getroffen. Er hat mir erzählt, was bei euch los ist. Wie geht es deiner Oma heute?«, erkundigte sich Kim vorsichtig.
»Nicht so gut.« Nils sah Kim traurig an.
»Oh, das tut mir so leid.« Kim ließ geknickt den Kopf hängen. Dabei fiel ihr Blick auf Nils' Umhängetasche. »Gehst du hier einkaufen?«
Nils druckste herum. »Nee, ach so, doch, ja, ich musste für Oma etwas besorgen, das wir im Laden nicht vorrätig haben. Und ihr?«
»Wir haben nur kurz was zu erledigen«, erklärte Kim. »Grüßt du deine Oma von mir?«
»Mach ich!«
Die drei !!! verabschiedeten sich von Nils und gingen durch die Tür in den Supermarkt. Kim drehte sich noch mal zu Nils um. Er blieb vor dem Eingang stehen und sah unentschlossen aus.

»Der wirkt so …« Marie wurde von Kim unterbrochen: »Verpeilt, nervös, unsicher?«

»Na ja, bei drei so gut aussehenden Mädels kann man ja schon mal nervös werden.« Marie zwirbelte schwungvoll ihre blonden Haare zu einem lockeren Dutt zusammen.

»Ja, trotzdem komisch. Früher war er irgendwie cooler.« Kim sah, dass Herr Schmidt ihnen entgegenkam.

»Vielleicht ist er nur traurig wegen seiner Oma«, überlegte Franzi.

»Hallo, ihr drei. Heute Morgen gab es schon wieder ein Graffiti. Ich habe ein Foto davon gemacht.« Herr Schmidt hielt sein Handy in der Hand und zeigte es den Detektivinnen.

Kim, Marie und Franzi sahen sich das Foto von dem Graffiti an, das sie am Abend zuvor bereits in der Dunkelheit gesehen hatten.

›Tod dem Discounter‹, las Herr Schmidt vor. »Langsam reicht es wirklich.«

Kim blickte ihre beiden Freundinnen an und wollte gerade ansetzen, ihm vom letzten Abend zu berichten, da hörten sie plötzlich laute Schreie. »Was war das?« Kim sah sich erschrocken um und auch Franzi und Marie versuchten zu orten, woher die Rufe kamen.

»Das kommt aus der Frischeabteilung.« Herr Schmidt eilte los und die drei !!! liefen hinter ihm her.

Am Rand des Salatregals stand eine Frau mit einem kleinen Jungen auf dem Arm. Sie weinte und schrie: »Eine riesige Spinne!« Herr Schmidt und die drei !!! sahen sich suchend um. »Bei den Bananen«, stieß die Frau hervor. Der kleine Junge auf ihrem Arm schluchzte.

Marie schnappte plötzlich nach Luft. Kim folgte ihrem Blick und entdeckte eine riesige schwarzbraune Spinne, die mindestens handtellergroß war und auf dem Rand einer Bananenkiste saß. Sie wich zurück. Auch Franzi hatte das Tier entdeckt und ging ein paar Schritte rückwärts. Dabei zog sie Marie mit sich, die zur Salzsäule erstarrt war. Im selben Moment kam ein Mitarbeiter dazu.

»Ich alarmiere die Feuerwehr und Sie gehen zu Frau Scholz. Sie soll eine Durchsage machen, dass der *Superkauf* jetzt geschlossen wird. Die Kunden können ihre Ware aber noch an der Kasse bezahlen. Und die Tür muss geschlossen werden.« Schmidt wählte die Nummer der Feuerwehr.

»Alles klar.« Der Mitarbeiter lief los.

»Guten Tag, hier spricht Torsten Schmidt. Ich bin Filialleiter vom *Superkauf* in der Fliederstraße Nummer 19. Bei uns sitzt eine Spinne in einer Bananenkiste und wir sind nicht sicher, ob sie giftig ist ... Nein, niemand ist verletzt und der Supermarkt wird bereits geräumt ... Danke.« Herr Schmidt legte auf und wendete sich an die Frau, die noch immer zitternd mit dem Jungen auf dem Arm dastand. »Die Feuerwehr ist auf dem Weg, ein Spinnenexperte wird informiert.«

»Wie wäre es, wenn ich die Spinne weiter im Auge behalte, bis die Feuerwehr kommt?«, schlug Franzi Schmidt vor.

»Ja, Franzi, das wäre gut.«

Franzi nickte und nahm konzentriert die Spinne ins Visier.

Kim sah besorgt, dass Marie wie hypnotisiert auf die Spinne starrte. Sie nahm ihre Freundin in den Arm. »Die Spinne tut dir nichts, alles ist gut.« Nach und nach kam wieder Leben in Marie. Sie nickte langsam, aber sie war noch ziemlich blass um die Nase.

»Sollen Marie und ich Ihnen helfen, die restlichen Kunden hier rauszubringen?«, schlug Kim Herrn Schmidt vor.

Schmidt nickte und wendete sich der Frau zu, die die Spinne entdeckt hatte. Sie stand verloren mit ihrem Sohn auf dem Arm bei den Kartoffeln. »Geht es Ihnen gut?« Die Frau antwortete nicht.

»Ich kümmere mich um sie«, sagte Kim zu Herrn Schmidt, klopfte Marie ermutigend auf die Schulter und nahm zwei Limonaden aus einem Regal. Eine reichte sie Marie, mit der anderen ging sie zu der zitternden Frau. »Wollen Sie einen Schluck trinken?«

Herr Schmidt lächelte Kim dankbar an und ging dann auf einige Kunden zu, die sich noch in der Gemüseabteilung aufhielten, um ihnen die Lage zu erklären. Marie hörte zu, was er den Kunden sagte, und sprach dann ihrerseits auch Kunden an, die des Weges kamen.

»Ich bin Kim. Und wie heißen Sie?«

»Nina.« Die Frau hatte sich beruhigt und nahm einen Schluck. Der kleine Junge auf dem Arm der Frau jammerte. »Mama, ich will jetzt die Banane.«

»Fritzi, das geht leider nicht.« Nina wendete sich an Kim. »Ich wollte ihm nur eine Banane abwiegen, und als ich eine abgebrochen habe, kam diese riesige Spinne dahinter hervorgekrabbelt.«

»Zum Glück ist weiter nichts passiert.« Kim lächelte den Jungen lieb an und wendete sich an Nina. »Darf ich ihm einen Lolli schenken?«

Nina nickte dankbar.

Plötzlich fiel Kim ein, dass sie den Lolli, den Finn ihr am Morgen geschenkt hatte, ja schon auf dem Weg ins *Lomo* gelutscht hatte. »Franzi, dir hat Finn doch auch einen Lolli geschenkt, oder?«, rief sie ihrer Freundin zu. »Kann Fritz ihn haben?«

Franzi nickte und versuchte, die Spinne nicht aus den Augen zu lassen, während sie den Lolli aus der Jackentasche zog. Sie ging ein paar Schritte auf Fritz zu, um ihm die Süßigkeit zu geben.

»Danke!« Der Junge machte sich an dem knisternden Papier zu schaffen. Franzi wollte helfen, besann sich dann aber und eilte zurück zu ihrem Posten. »Oh nein! Sie ist weg!«, rief sie panisch. »Ich hab nur eine einzige Sekunde nicht hingeguckt.«

Im selben Moment kamen die Feuerwehrleute angerannt. Herr Schmidt eilte ihnen entgegen. »Guten Tag. Mein Name ist Torsten Schmidt. Das Tier befand sich gerade noch auf dem Rand der Bananenkiste.« Er zeigte zu den Bananen. »Franzi, hast du gesehen, wo sie hingekrabbelt ist?«

»Leider nein.« Franzi warf Kim einen vorwurfsvollen Blick zu, denn die hatte sie mit der Frage nach dem Lolli abgelenkt. Kim zuckte entschuldigend mit den Schultern, dann ging sie zu Marie, die wieder unruhig wurde und sich suchend nach der Spinne umsah.

»Kein Problem, wir finden sie schon«, sagte der Feuerwehrmann beruhigend. »Herr Weber, unser Spinnenexperte, wird auch jeden Moment da sein.«
»Wo befindet sich das Tier?« Franzi erkannte die Stimme und drehte sich verwundert um. »Papa, was machst du denn hier?« Es war Herr Winkler, der auf die Feuerwehrleute zueilte. »Bist du neuerdings Spinnenexperte?«
»Hallo, Franzi.« Herr Winkler umarmte seine Tochter und lächelte Kim und Marie an. »Wenn Spinnen im Supermarkt auftauchen, wird neben einem Spinnenexperten auch immer ein Tierarzt dazugeholt. Und was macht ihr hier? Ermittelt ihr in dem Fall der Bananenspinne?« Franzis Vater zwinkerte ihr zu.
»Ach, Papa, wir wollten einfach nur einkaufen.«
Franzi warf Herrn Schmidt unauffällig einen bittenden Blick zu, ihrem Vater nichts von ihren Ermittlungen zu erzählen. Er sah Franzi abwägend an und nickte unmerklich. Dann erklärte er Herrn Winkler, den Feuerwehrleuten und dem heraneilenden Spinnenexperten die Lage.
»Darf ich euch jetzt auch bitten, den Supermarkt zu verlassen?« Einer der Feuerwehrleute begleitete Kim, Marie, Franzi und die junge Mutter mit ihrem Sohn Fritz bis zum Ausgang. Die Kassiererinnen schlossen gerade ihre Kassen. Vor dem *Superkauf* standen noch einige aufgeregte Kunden. Nina verabschiedete sich dankbar von Kim und hob den Jungen, der immer noch den Lolli im Mund hatte, auf den Fahrradsitz. Die drei !!! winkten.

»War das schrecklich.« Marie ließ sich auf die Bank fallen, die in der Nähe der Eingangstür stand.
Kim und Franzi setzten sich neben sie. »Ich wusste gar nicht, dass du solche Angst vor Spinnen hast«, stellte Franzi verwundert fest.
»Meistens geht es, aber nicht bei solchen Oschis.« Marie wischte sich vorsichtig eine Träne aus dem Augenwinkel.
»Ja, die war echt unheimlich.« Kim kramte ihr Handy hervor und tippte konzentriert darauf herum. »Ich recherchiere mal im Internet nach Bananenspinne. Hier – *die Phoneutria, auch Bananenspinne genannt, gilt als sehr aggressiv und hochgiftig. Sie webt zum Beutefang keine Netze, sondern geht nachts auf Jagd.*«
Plötzlich stand Nils neben den drei Detektivinnen.
»Na, hast du was vergessen?« Kim sah Nils interessiert an.
Der nickte. »Kann man so sagen.«
»Hier ist grad ein Feuerwehreinsatz«, erklärte Franzi.
»Brennt es?« Nils blickte erschrocken durch die gläserne Automatiktür.
»Nein, eine Spinne ist in einer Bananenkiste aufgetaucht, jetzt verschwunden und muss von der Feuerwehr wieder eingefangen werden«, erklärte Marie.
Nils sah die drei !!! aufgeregt an. »Können die so etwas?«
»Ja, ein Spinnenexperte ist auch dabei.« Kim zeigte auf den Platz neben sich. »Willst du mit uns warten?«
»Nee, danke. Macht es mal gut!« Nils verschwand wieder.
»Seltsamer Typ.« Marie steckte sich einen Lolli in den Mund.

Kim sah Marie mit großen Augen an. Die verstand sofort und verteilte Lollis an ihre Freundinnen.
Kim packte den Lolli aus. »Komisch, war das jetzt ein Zufall, dass nach den ganzen Spinnengraffitis auch noch eine echte Spinne aufgetaucht ist?«
»Vielleicht sind die Graffitis ja dunkle Vorausdeutungen«, mutmaßte Marie, die sich gerne mit übersinnlichen Phänomenen beschäftigte.
»Das glaube ich nicht. Es gibt dafür sicher eine ganz handfeste Erklärung. Lasst uns mal abwarten, was mein Vater und der Spinnenexperte sagen.« Franzi sah ihre beiden Freundinnen nachdenklich an.
Kim schaute auf die Uhr und wurde unruhig. »Ich muss bald los, heute Nachmittag ist ein Treffen mit Sebastian und den anderen Teilnehmern des Workshops geplant.«
»Meinst du, dein Vater schöpft Verdacht, dass wir hier ermitteln?«, fragte Marie, während sie nachdenklich den Lolli in ihrem Mund hin und her drehte.
»Vielleicht ist es besser, wenn wir nicht hierbleiben. Wir sollten den Kopf mal spinnenfrei bekommen. Ich frage ihn nachher möglichst nebenbei, ob er etwas rausgefunden hat, okay?«, schlug Franzi vor. »Und dann rufe ich euch an.«
Kim und Marie waren einverstanden.
»Kim, kann ich noch mal kurz dein Handy haben?«
»Klar.« Kim gab es Franzi.
»Ich schreibe meinem Vater eine SMS, dass ich nach Hause fahre.«

Während Franzi tippte, drehte Kim sich zu Marie. »Ich weiß gar nicht, was ich nachher anziehen soll.«

»Den Satz hab ich ja fast noch nie von dir gehört.« Marie grinste. »Willst du jemandem gefallen?«

»Nein, aber wenn man in so eine Zeitungsredaktion geht, muss man doch auch angemessen gekleidet sein, oder?« Kim versuchte, gleichgültig zu klingen. Aber sie fragte sich, ob Marie recht haben könnte. Sie wollte einfach, dass sie Sebastian gefiel.

»Ich würde einen lässigen Businesslook wählen.« Marie grinste Kim an, die sich darunter nichts vorstellen konnte.

Franzi hatte die SMS abgeschickt. »So, er weiß Bescheid. Ich checke gleich auch noch mal, ob ich Fingerabdrücke auf der Sprühdose finde, die mich heute Nacht verraten hat.«

»Was hast du denn eigentlich deinen Eltern gesagt, wo dein Handy abgeblieben ist?« Marie warf den Stiel ihres Lollis in den Mülleimer.

»Dass ich es in der Schule vergessen habe und der Hausmeister Osterferien macht.« Franzi steckte Kims Handy gedankenverloren in ihre Hosentasche, während Kim ihr Fahrrad aufschloss.

Ganz nah dran

Kim hatte sich nach dem Duschen zu Hause dreimal umgezogen. Es sollte natürlich nicht so aussehen, als hätte sie sich Gedanken über ihr Outfit gemacht. Für Marie wäre das ein Kinderspiel gewesen, für Kim leider nicht. Und dann hatten Ben und Lukas auch noch ständig nachgefragt, ob Kim gerade an einem Fall dran war. Anscheinend langweilten sich die Superheldendetektive in den Osterferien ganz schön. Zum Glück war irgendwann Kims Mutter gekommen und hatte die Zwillinge dazu verdonnert, mit Familienhund Pablo Gassi zu gehen. Kim zog schließlich doch wieder ihre blaue Jeans und ein rot-weiß gestreiftes T-Shirt an. Als sie ihre Hose zumachte, bemerkte sie den Zettel in der Hosentasche, den sie eingesteckt hatte, nachdem Adam ihn verloren hatte. Den hatte sie ja vollkommen vergessen! Sie faltete den Zettel vorsichtig auf und war ganz überrascht. Es war eine Skizze des Graffitis von letzter Nacht. Hatte Adam etwa was damit zu tun? Weil sie spät dran war, beschloss Kim, ihre Freundinnen gleich von der Redaktion aus über ihren interessanten Fund zu informieren.

Nachdem Kim ihr Rad abgestellt hatte, lief sie aufgeregt die Stufen zur Redaktion hinauf. Sie zupfte an ihrem Pony, der vom Helm platt gedrückt war.

»Kim, was machst du denn schon hier?« Hinter ihr tauchte Sebastian auf.

»Wieso? Bin ich zu früh?«

»Ja, ich hab euch doch eine Nachricht geschickt, dass wir uns zwei Stunden später treffen.«

»Oh.« Kim griff in ihre Umhängetasche und suchte nach dem Handy. Ihr fiel wieder ein, dass sie es vorhin Franzi geliehen hatte. »Mist, meine Freundin hat mein Handy eingesteckt.«

Sebastian hielt Kim die Tür zum Redaktionsgebäude auf. »Na ja, wo du schon mal hier bist, kannst du mich zur Neueröffnung des Spielplatzes in der Marienstraße begleiten. Zur Feier des Tages gibt es da wohl einen Eisstand.«

»Klingt super.« Kim freute sich.

»Halt!« Sebastian hatte sich auf seinen Bürostuhl gesetzt und las eine E-Mail. »Jemand hat mir geschrieben, dass im *Superkauf* eine Bananenspinne aufgetaucht ist.«

»Ist die Spinne etwa noch nicht eingefangen?« Sebastian sah Kim fragend an.

»Ich war da und habe geholfen, den Supermarkt zu evakuieren«, erklärte Kim stolz.

»Weißt du was, dann sagen wir die Spielplatzeröffnung jetzt ab und schreiben einen Artikel über die Bananenspinne.«

Kims Herz machte einen Hüpfer, so sehr freute sie sich. Sebastian rollte einen zweiten Bürostuhl an seinen Schreibtisch.

»Setz dich, junge Kollegin. Und erzähl bitte mal genau, was passiert ist.« Sebastian sah Kim aufmerksam an. Aus der Nähe fiel Kim auf, dass er wunderschöne Grübchen hatte, wenn er lächelte. Sie versuchte sich zu konzentrieren und berichtete alles, was im Supermarkt passiert war. Sebastian tippte parallel Stichworte in seinen Computer.

Als sie mit ihrem Bericht fertig war, hielt sie kurz inne. »Ich finde, wir sollten das so wenig reißerisch wie möglich darstellen und einfach nur die Fakten auf den Tisch legen.«

»Sehr gut, Kim. Man könnte damit sicher gut Schlagzeilen machen, aber damit tut man niemandem einen Gefallen.« Kim wurde rot, wie so oft, wenn sie mit Sebastian sprach.

In Windeseile hatte er aus Kims Bericht eine Meldung geschrieben. Während Kim las, war sie begeistert, wie gut und schnell er schreiben konnte. Und sie freute sich, weil er einige Passagen wortwörtlich aus ihrer Erzählung übernommen hatte.

»Ich schicke das jetzt unserem Onlineredakteur und der stellt die Nachricht dann ins Netz.«

»Wow, das geht ja echt schnell.« Kim war beeindruckt.

»Ja, und das war eine sehr gute Teamarbeit.« Sebastian lächelte Kim an. Unsicher lächelte sie zurück und merkte, dass ihre Wangen schon wieder anfingen zu glühen.

»Hallo, bin ich zu früh?«

Kim erschrak, als sich ein Junge aus ihrem Workshop schwungvoll neben die beiden in einen der Bürostühle fallen ließ und damit über Kims Fuß rollte.

»Au!« Kim schrie auf.

»Was ist?« Der Junge sah Kim erschrocken an.

»Du bist mir über den Fuß gefahren.« Kim zog ihren Schuh aus und bewegte ihre Zehen hin und her.

»Entschuldigung, Kim.«

»Macht nichts, …« Sie stockte, ihr fiel der Name des Jungen nicht ein.

»David«, sagte er.

»Ich schau mal nach, ob die anderen auch schon da sind.« Sebastian stand auf und verschwand durch die Redaktionstür.

Plötzlich fiel Kim die Graffiti-Skizze wieder ein. »David, darf ich mal kurz dein Handy leihen?«

»Klar.« David reichte Kim sein Handy und sie wählte ihre eigene Nummer. Franzi hob ab. »Franzi, du Handydiebin!«

»Gut, dass du anrufst, Kim. Auf der Sprühdose waren die gleichen Fingerabdrücke wie auf den Fleischverpackungen.«

»Dann haben die Sprayer also auch etwas mit dem Fleisch zu tun!«, kombinierte Kim.

»Ja, und mein Vater hat mir gerade erzählt, dass es keine Bananenspinne war, sondern eine ungiftige Vogelspinne, die man nur im Zoohandel kaufen kann.«

»Aber das heißt ja, dass jemand die Spinne absichtlich bei den Bananen ausgesetzt haben muss. Warte mal kurz.« Kim stand auf und ging zur Kaffeemaschine, damit David nicht hören konnte, was sie sagte. »Wir müssen uns treffen! Ich hab auch noch neue Infos. Sagst du Marie Bescheid?«

»Mach ich, in einer halben Stunde beim *Superkauf*?«, fragte Franzi durch den Hörer.

Kim zögerte kurz, denn sie wollte das Workshoptreffen eigentlich nicht vorzeitig abbrechen. Aber die Ermittlungen waren jetzt wichtiger. »Ja, bis gleich.« Kim legte auf.
Sie sah, dass Sebastian zurückkam. »Das Treffen fällt heute leider aus. Die anderen drei haben gerade abgesagt.«
Kim drückte David das Handy in die Hand. »Ich muss auch los.«
»Ich schicke euch einen neuen Termin. Danke, Kim, für deine Hilfe.«
»Gerne!« Ehe Kim schon wieder rot wurde, verabschiedete sie sich lieber schnell. »Tschüss, Sebastian. Und tschüss, Felix.« Sie winkte David kurz zu.
»David«, korrigierte dieser sie.
»Oh, Entschuldigung.« Kim grinste verlegen und verließ die Redaktion.

Als Kim beim *Superkauf* ankam, waren Franzi und Marie schon da.
»Wolltest du dich nicht umziehen?«, wurde sie von Marie begrüßt.
»Wieso? Hab ich doch.« Kim stellte ihr Rad ab.
»Na ja, du wolltest doch ein Redaktionsoutfit wählen«, stichelte Marie weiter.
Kim sah Marie leicht genervt an. »Mit diesem Outfit war ich in der Redaktion und habe sogar mit Sebastian zusammen eine Nachricht für die Onlineausgabe der *Neuen Zeitung* geschrieben.«

»Nicht schlecht«, stellte Franzi bewundernd fest.

»Aber was viel wichtiger ist: Ich hab den Zettel wiedergefunden, der Adam gestern aus der Hosentasche gefallen ist. Stellt euch vor, da ist das Graffiti draufgemalt, das gestern an die Wand gesprüht wurde.«

Marie war überrascht. »Dann war das vielleicht seine Vorlage und er hat es selbst gesprüht?«

»Oh! Auf der Sprühflasche, über die ich gestern gestolpert bin, waren die gleichen Fingerabdrücke wie auf den Fleischverpackungen.« Franzi hielt sich erschrocken die Hand vor den Mund. »Nicht dass Adam das auch noch war.«

Die drei !!! gingen zum Supermarkteingang. »Das kann ich mir überhaupt nicht vorstellen.« Zwei Feuerwehrleute und Franzis Vater kamen ihnen entgegen. Dahinter ging ein Mann, der einen Karton trug.

Marie wich instinktiv zurück. »Ist die Spinne da drin?« Der Mann nickte und ging weiter.

»Es war nicht leicht, sie zu finden. Zehn Männer haben mehrere Stunden den ganzen Supermarkt durchsucht.« Franzis Vater lächelte die drei !!! erschöpft an.

»Und wo war sie?« Marie blickte ängstlich zu Herrn Winkler.

»Unvorstellbar, aber sie hatte sich ganz hinten im Regal mit den Schokoladenostereiern versteckt.« Herr Winkler musste lachen.

Kim lief es kalt den Rücken runter. »Ich esse NIE wieder Schokoladenostereier.«

»Iiiihhh – ich auch nicht.« Marie schüttelte sich.

»Und es war wirklich bloß eine harmlose Vogelspinne?«, fragte Franzi ihren Vater.

»Ja, die bekommt man eigentlich nur im Fachgeschäft.«

»Könnte sie irgendwie ausgebüxt sein?«, überlegte Franzi laut.

»Das ist eher unwahrscheinlich. Wie ich euch kenne, steckt ihr längst in den Ermittlungen. Aber passt auf, dass ihr nicht im Netz der Spinne landet oder eine Giftspinne trefft. Das machen schon die Profis. Gerade ist ein Mann vom LKA eingetroffen.« Herr Winkler zwinkerte den drei !!! zu.

»Wir wollten eigentlich nur Schokoeier einkaufen«, erklärte Franzi unschuldig. »Für Schokoeier-Essprofis.«

»Ich muss los. Zu Velte. Eins seiner Schweine ist krank.« Herr Winkler verabschiedete sich und eilte davon.

»Hoffentlich nicht Freddi«, murmelte Franzi.

Im gleichen Moment kam Schmidt ihnen entgegen. »Wir öffnen wieder. Sonst gehen die kompletten Tageseinnahmen verloren«, erklärte er den drei !!!.

»Es besteht auch keine Gefahr«, bestätigte ein Feuerwehrmann, der sich von Herrn Schmidt verabschiedete.

»Ich würde mir gern den Tatort noch mal genauer ansehen, bevor wir in Ihrem Büro weitersprechen.« Ein großer, hagerer Mann in grünem Parka war dazugekommen, das musste der Beamte vom LKA sein.

»Klar, kommen Sie, ich zeige Ihnen alles.«

Die Männer verschwanden in Richtung Obst- und Gemüse-Abteilung.

Kim nahm ihr Handy aus der Tasche und erklärte, während sie tippte: »Ich sage Sebastian schnell Bescheid, dass er die Meldung aktualisieren kann.« Beim Gedanken an Sebastian musste sie kurz lächeln, denn jetzt würde er sich, genauso wie sie, auch mit dem Fall beschäftigen. Hannah, die neben den drei !!! auftauchte, riss Kim aus ihren Gedanken. »Warst du in der Redaktion heute? Ich habe es leider total vergessen.«
»Los, das ist unsere Chance. Wenn Schmidt in der Gemüseabteilung ist, können wir das Überwachungsvideo auf deinen Stick ziehen.« Marie sah Kim und Franzi aufgeregt an.
»Dann müssen wir aber erst mal Hannah fragen.« Kim drehte sich zu Hannah, die zustimmend den Daumen hob. »Okay, aber ihr passt wieder auf.«

Kurze Zeit später standen die drei Detektivinnen wieder Schmiere, während Hannah in Herrn Schmidts Büro am Computer saß.
»Hoffentlich klappt es«, wisperte Kim ihren Freundinnen zu. Plötzlich war Herrn Schmidts Stimme zu hören.
»Schnell, Hannah, raus!«, raunte Kim durch Schmidts Bürotür.
»Ich habe es gleich!«, flüsterte Hannah zurück, und da stand Schmidt gemeinsam mit dem großen Mann vom LKA auch schon vor ihnen.
»Was macht ihr denn schon wieder hier?« Herr Schmidt sah irritiert von einer Detektivin zur nächsten. Kims Herz raste und sie merkte, dass ihre Wangen zu glühen begannen.

»Wir wollten Ihnen nur sagen, dass wir nicht weiterermitteln werden, die Spinne heute hat uns den Rest gegeben«, log Marie schnell.
»Okay, das ist vernünftig, denn es wird einfach zu gefährlich.« Schmidt wollte an den Mädchen vorbei zu seiner Tür.
»Stopp!«, rief Marie laut. »Haben Sie denn schon neue Hinweise, wer die Spinne ausgesetzt haben könnte?«
Kim war immer wieder beeindruckt davon, wie selbstbewusst Marie auftreten konnte.
»Ich denke, ihr wollt nicht weiterermitteln. So, und jetzt müsst ihr mich mal durchlassen.« Herr Schmidt schob sich an den Mädchen vorbei und betrat sein Büro. Der LKA-Beamte nickte den Mädchen zu und folgte dem Filialleiter. Kims Herz blieb stehen, gleich würden sie Hannah entdecken. Vorsichtig lugte sie in den Raum hinein, aber von Hannah gab es keine Spur.
»Das gibt es doch nicht«, hörten die drei !!! den Filialleiter sagen. »Mein Portemonnaie ist weg. Vorhin lag es noch auf meinem Schreibtisch.« Herr Schmidt kam wieder zur Tür und sprach die Mädchen noch mal an. »Habt ihr jemanden gesehen, der meinen Geldbeutel genommen haben könnte?« Die drei Mädchen schüttelten den Kopf und verabschiedeten sich schnell.

»Hoffentlich ist bei Hannah alles gut«, flüsterte Kim ihren beiden Freundinnen zu, die aufgewühlt nickten.
»Na, ihr könnt euch ja gar nicht mehr vom *Superkauf* trennen,

was?« Als die drei Mädchen aus dem Personalbereich kamen, stand Adam vor ihnen und blickte sie freundlich an.
»Wir brauchen dringend Schokoladeneier«, schaltete Marie schnell.
Plötzlich kam ein Hund angerannt und sprang an Adam hoch.
»Hallo, Kalli! Was machst du denn hier? Supermärkte sind doch hundefreie Zone.« Adam streichelte den Hund, der fröhlich kläffte.
Die drei Detektivinnen verständigten sich mit Blicken. Das war der Hund vom Parkplatz! Er hatte die Sprayer gekannt und nun kannte er auch Adam.
»Deiner?«, fragte Franzi und streichelte den Hund ebenfalls, was er ihr mit einem glücklichen Schnauzen-Nasen-Stupser dankte.
»Nö. Von einem Bekannten.« Adam winkte jemandem zu, der weiter vorne an der Kasse stand.
Im selben Moment war ein lauter Pfiff zu hören und der Hund verschwand wieder in Richtung Kassen.
»Ich muss auch los. Muss noch meine Papiere aus dem Personalbüro abholen. Tschüss, ihr drei!«
Die drei Mädchen verabschiedeten sich und sahen Adam hinterher, der es eilig zu haben schien.
»Wir können ihn doch jetzt nicht einfach entkommen lassen.« Franzi sah Kim und Marie aufgeregt an. »Könnt ihr Adam beschatten? Ich übernehme den Hund. Kann ich dein Handy dafür noch kurz behalten, Kim?«
»Okay, wir teilen uns auf. Nachher Clubtreffen im *Lomo*.«

Kim ließ die Tür zum Personalbereich, durch die Adam verschwunden war, keine Sekunde aus den Augen.
Die drei !!! klatschten sich ab und Franzi eilte davon.
Im selben Moment sah Kim, wie Adam aus dem Personalbereich zurückkam und in Richtung Ausgang ging.
Kim und Marie verließen nach ihm den *Superkauf* und beobachteten, wie Adam auf sein Fahrrad stieg und losfuhr.
»Los, hinterher!«, raunte Marie Kim zu. Beide Detektivinnen schwangen sich ebenfalls auf ihre Räder und fuhren in sicherem Abstand hinter Adam her. Er radelte Richtung Bahnhofsviertel und bremste schließlich abrupt in einer Seitenstraße. Das passierte so plötzlich, dass Kim und Marie nicht mehr in Deckung gehen konnten.

Gefährliche Aktion

»Huch, hallo, was macht ihr denn hier?« Adam war verwundert, als er Kim und Marie entdeckte.

»Ich will meinem Freund eine Liebeserklärung an die Hauswand sprühen und wollte hier dafür die Farbe kaufen«, flunkerte Marie schnell und zeigte auf das Schild des kleinen Ladens, vor dem sie standen. »*Kerns Künstlerbedarf*« stand darauf.

»Und wie kommt ihr ausgerechnet auf *Kerns Künstlerbedarf*?«

»Ein Tipp von meinem Kunstlehrer«, flunkerte Marie.

»Und was machst du hier?«, fragte Kim möglichst beiläufig.

Adam schloss sein Rad ab. »Ich jobbe jetzt hier. Macht mehr Spaß und der Chef ist netter.«

Gemeinsam mit Adam betraten Kim und Marie das kleine Geschäft. Hier gab es neben allen Arten von Stiften und Blöcken auch verschiedenste Sprühdosen und Sprühaufsätze.

Ein Mann kam aus dem hinteren Bereich. Er war um die vierzig Jahre alt und hatte an beiden Armen Tattoos, eine Glatze und lächelte die drei !!! freundlich an.

Adam warf seine Jacke hinter den Kassentresen. »Hast du ein Motiv?« Fragend sah er Marie an.
»Wie meinst du das?«, fragte Marie verwirrt. Auch Kim verstand nicht gleich, was Adam meinte. Sie hatte sich ebenfalls gerade Gedanken über ein Motiv gemacht, und zwar über ein mögliches Tatmotiv, das Adam haben müsste, wenn er einer der Sprayer wäre, die sie suchten.
Adam zog seine Stirn in Falten. »Na, für das Graffiti für deinen Freund.«
»Ach so, eine Zeile aus einem Lied von den *Boyzzzz*, das uns beide verbindet.« Marie lächelte wehmütig und Kim glaubte, dass sie bestimmt gerade an Holger dachte.
Adam sah Marie überrascht an. »Gleich eine ganze Liedzeile.« Er gab Marie eine Dose und nahm zwei weitere aus dem Regal. »Für den Anfang würde ich Schwarz, Blau und Rot nehmen. Das gibt gute Kontraste.«
»Super, danke.« Marie zog ihr Portemonnaie hervor. »Kannst du zufällig auch sprühen und mir ein bisschen was zeigen?«
Adam überlegte kurz. »Warum nicht. Morgen an der alten Lagerhalle im Industriegebiet? Mein Kumpel Tim und ich sprühen da.« In Kim arbeitete es. »Können wir uns vielleicht auch im Schillerpark treffen?«
»Warum?« Adam runzelte die Stirn.
»Na, da ist doch eine Graffitiwand, wo man legal sprühen darf.« Kim wusste, dass sie uncool klang, aber ihr war die Sache mit dem Industriegebiet nicht ganz geheuer und sie wollte nichts machen, was die drei !!! in Gefahr brachte.

»Hast du Angst?«, fragte Adam und Kim merkte, dass sie schon wieder rot wurde. »Brauchst du nicht. Wir haben eine stillschweigende Abmachung mit der Polizei. Denen ist es lieber, wenn wir an die alte Lagerhalle sprühen als an Gebäude in der Stadt. Die Halle wird sowieso irgendwann abgerissen.«
Kim sah unsicher zu Marie, aber die nickte.
»Okay, dann morgen Mittag?« Kim sah ein, dass es wohl keinen anderen Weg geben würde, mehr über Adam zu erfahren. Wenn es ihre Ermittlungen weiterbringen würde, durfte man vielleicht auch mal etwas Unerlaubtes tun …

Bei *Kakao Spezial* und Kuchen im *Lomo* hatten Kim und Marie Franzi von ihrer Verfolgungstour und der Verabredung mit Adam im Industriegebiet berichtet. Nun brachte Franzi die beiden auf den neuesten Stand. Sie hatte Hund und Herrchen bis in den Schillerpark verfolgt. Als der Hund Franzi bemerkt hatte, war er zu ihr gelaufen. Mit Boris, dem Herrchen des Hundes, war sie dann schnell ins Gespräch gekommen. Weil er so nett war, hatte sie ihn einfach direkt fragen können, warum sein Hund nachts auf verlassenen Supermarktparkplätzen herumstreunte. Die Antwort war einfach: Kalli war angeblich abgehauen. Und weil Boris und Kalli mal da gewohnt hatten, wo jetzt der Supermarkt war, war er wohl dorthin gelaufen.
»Stimmt, da stand mal ein Wohnhaus, bevor der *Superkauf* aus dem Boden gestampft wurde«, erinnerte Kim sich.
Franzi erzählte weiter. »Boris hat mir gesagt, dass er erst mal bei einem Freund untergekommen ist. Kalli ist schon ein paar-

mal weggelaufen und zum Supermarktgelände zurückgekehrt. Leider hat Boris auch noch seinen Job verloren, weil der kleine Obst- und Gemüse-Laden, bei dem er gearbeitet hat, schließen musste. Jetzt ist es schwierig, eine neue Wohnung zu finden, weil er gerade kein Geld verdient. Und ohne den Nachweis eines Wohnsitzes ist es wiederum nicht leicht für Boris, einen Job zu finden.«

»Das gibt es ja nicht. Ein gemeiner Teufelskreis.« Marie schüttelte entsetzt den Kopf.

»Und noch ein kleiner Laden, der schließen musste.« Kim sah betroffen in die Runde. »Den kleinen Läden geht es schlecht und dem großen *Superkauf* auch, weil er sabotiert wird. Da läuft etwas gewaltig schief.«

»Meint ihr, Boris hängt da mit drin? Er hat ein starkes Motiv. Und dann war auch noch sein Hund am Tatort.« Marie zwirbelte nachdenklich an einer blonden Haarsträhne, die aus ihrem lockeren Pferdeschwanz gerutscht war.

»Wir sollten Boris noch mal befragen, wenn wir morgen bei der Lagerhalle nicht weiterkommen.« Franzi holte Kims Handy aus ihrer Jackentasche. »Er hat mir seine Nummer gegeben. Ich hab sie direkt in dein Handy eingespeichert.« Kim nahm ihr Handy entgegen und überflog eine Nachricht. »Endlich! Hannah hat sich gemeldet. Sie ist vorhin durch Schmidts Bürofenster raus und schickt uns das Video per E-Mail, wenn sie mit ihrer Schicht fertig ist.«

»Oh, super. Meint ihr eigentlich, dass sie das Portemonnaie von Schmidt geklaut hat?«

»Ausschließen kann man es leider nicht.« Kim rieb sich nachdenklich über die Nase. »Sie will sich doch unbedingt das Mountainbike kaufen.«
»Wollen wir sie morgen fragen? Ich bin echt müde.« Marie legte den Kopf schräg und sah ihre Freundinnen fragend an.
»Wellnessritual? Oder willst du zu Sami?« Franzi grinste.
»Wellnessritual. Meine Badewanne hat anscheinend mehr für mich übrig als dieser Finne.«

Am nächsten Vormittag trafen sich die drei Mädchen am Stadtrand, um gemeinsam zum vereinbarten Treffpunkt im Industriegebiet zu fahren. Der Himmel war grau, genau wie die riesigen Fabrikgebäude, die am Ende der Straße schon zu erkennen waren.
»Wie war es im Kino?«, wollte Kim von Franzi wissen.
»Ein schöner Liebesfilm. Die Hauptfigur verliebt sich in einen viel älteren Mann«, berichtete Franzi.
»Und was passiert dann?«, wollte Kim neugierig wissen.
»Kein Happy End.«
»Schade!« Kim merkte, dass Franzi und Marie Blicke austauschten. Sie hatte das Gefühl, dass sie sich erklären musste. »Ich mag halt lieber Liebesfilme mit Happy End.«
»Ach so.« Marie grinste. »Dein Pulli sieht übrigens auch ganz schön alt aus.«
»Haha.« Kim trug einen alten Kapuzenpulli ihres Vaters. Sie sah sich Maries Outfit genauer an. »Und du willst heute Bäume fällen?« Marie hatte eine karierte Hemdbluse an, eine blaue

Jeans und blütenweiße Turnschuhe, die zu ihrer weiß geränderten großen Sonnenbrille passten.

»Holzfällerhemden sind erstens total in und zweitens eine super Bekleidung für Outdooraktivitäten«, erklärte Marie.

»Das klingt ja wie aus einem Modeblog.« Kim kicherte.

Marie kicherte ebenfalls. »Ist es auch.«

»Hier waren wir ja schon lange nicht mehr«, stellte Franzi fest, als sie in die Straße zur alten Fabrikhalle einbogen. Weil sich niemand hierherverirrte, konnten die drei Detektivinnen nebeneinander auf der Straße fahren. Adam stand an der Halle und wartete auf die drei.

»Cooler Pulli«, rief er Kim entgegen.

»Siehst du!«, flüsterte Kim Marie triumphierend zu, während die drei !!! von ihren Rädern stiegen. Sie ließen sie einfach in das hohe Gras am Wegesrand fallen und legten ihre Helme daneben. Die alte Lagerhalle war von Wind und Wetter ergraut und drumherum wuchsen hohe Sträucher und Gräser.

»Kommt, wir sind dahinten bei dem kleinen Nebengebäude.« Die drei Detektivinnen folgten Adam, der sie an dem großen, verfallenen Hauptgebäude entlangführte. Die Natur hatte bereits angefangen, sich das Gelände zurückzuerobern. Zwischen den Betonsteinen wuchs hohes Gras. Sie gingen um einen alten, verrosteten Container herum, in dem Schutt lag, der ebenfalls schon mit Gras bewachsen war. Plötzlich landete ein Junge direkt vor ihren Füßen. Die drei erschraken. Es war so, als wäre er lautlos vom Himmel vor ihre Füße geplumpst. Kim brauchte einen Moment, um zu verstehen, dass er wie ein Grashüpfer einen Parkouring-Sprung über den Container gemacht hatte. Auch bei Marie und Franzi machte es klick. Die drei tauschten einen Blick aus und konnten sich, wie so oft schon, ohne Worte verständigen. Der Grashüpfer war einer der Graffitisprayer, der in der Nacht, in der die drei !!! den Sprühern aufgelauert hatten, auch mit einem Parkouring-Sprung über das parkende Auto wieder verschwunden war. Kim stockte der Atem. Sie waren also auf der richtigen Spur, denn auch Adam hatte sich ja durch den Zettel mit der Graffiti-Zeichnung ziemlich verdächtig gemacht.

»Hallo, ich bin Tim. Und ihr?« Der Junge lächelte die Mädchen freundlich an. Kim schätzte ihn auf siebzehn.

»Ich bin Kim und das sind Franzi und Marie.« Sie bemerkte, dass Franzi sich ängstlich umschaute. Wenn das hier wirklich die Täter waren, wer wusste denn schon, ob der Dritte im Bunde, der Franzis Handy weggenommen hatte, nicht auch noch kommen würde?

»Seid ihr allein?«, fragte sie und überlegte dabei, ob die beiden Jungen sie wohl auch erkennen würden. Sie hatten sich immerhin auf dem Supermarktparkplatz in der Dunkelheit kurz gegenübergestanden. Aber das war ja Quatsch, denn dann hätte Adam sie sicher nicht mit hierhergenommen.

»Hier ist keiner außer uns, glaubt mir.« Tim nahm eine Spraydose, die Adam aus seinem Rucksack zutage gefördert hatte.

Franzi gab Kim das Signal, dass sie den ersten Schock überwunden hatte und es ihr okay ging.

»Habt ihr schon mal gesprayt?«, wollte Tim wissen, während er zwei Sprühdosen schüttelte.
Die drei !!! verneinten kopfschüttelnd.
»Dann fangen wir mal locker an, ein paar Kreise und Striche zu sprühen.« Er verteilte die Spraydosen. »Es kann passieren, dass eure Klamotten ein paar Farbkleckse abbekommen. Ist das schlimm?«
»Bei mir nicht.« Kim sah grinsend zu Marie hinüber. »Bei dir etwa, Marie?«
»Nee, nee, alles gut«, bemühte sie sich so cool wie möglich zu sagen.
Franzi nahm sich als Erste eine Sprühdose und legte los. Zuerst sahen die Kreise noch etwas ruckelig aus, aber Franzi hatte den Dreh schnell raus. Sie sprühte den Namen ihres Ponys Tinka an die Wand.
»Wow, Franzi, du bist ja ein Naturtalent«, stellte Kim anerkennend fest, die nun auch – etwas angespannt – loslegte. Ein kleiner blauer Klecks landete auf der Wand.
Auch Marie probierte jetzt ihr Glück und nach zwei Versuchen hatte sie es raus. Mit schwungvollen Bewegungen sprühte sie ein Herz an die Wand.
Adam war überrascht. »Nicht schlecht für den Anfang. Wollen wir uns mal an die Textzeile von den *Boyzzzz* ranmachen?«
Marie zog einen Zettel aus ihrer Hosentasche. Darauf stand: *»Dancing hearts 4ever«*.
Adam grinste. »Ich hoffe, es zeigt Wirkung.«
»Es ist echt der Wahnsinn, was für eine Wirkung die Graffitis

beim *Superkauf* hatten«, griff Kim das Thema auf. »Die Spinnen sahen so echt aus, und dann noch die Sprüche darunter, das hat gewirkt: Ich hab mehrere Kunden gesehen, die umgedreht sind.« Kim versuchte, das so beiläufig wie möglich klingen zu lassen, achtete aber genau auf die Reaktion der beiden Jungen.

»Ach, echt?« Adam sah Kim gespannt an und sie glaubte, dass er ein zufriedenes Grinsen unterdrücken musste.

»Ja, nur schade, dass das immer so schnell wieder entfernt wurde. Ich hoffe, dass die Sprayer sich nicht abschrecken lassen und eine weitere Botschaft an die Wand sprühen.« Tim und Adam hörten Kim erstaunt zu, die einfach weiterredete. »Damit noch mehr Leute woanders einkaufen. Der Tante-Emma-Laden, in dem meine Familie einkauft, seit ich klein war, muss wahrscheinlich schließen. Das finde ich so ungerecht.« Kim wollte Adam und Tim in eine Falle locken, damit sie sich durch ihre Reaktion selbst verrieten. Aber sie meinte das, was sie über die Wirkung der Graffitis sagte, trotzdem ernst, denn sie hoffte, dass wieder mehr Kunden zu Frau Blume gehen würden.

»Sagt mal, kennt ihr die *Superkauf*-Sprayer eigentlich?« Franzi sah die Jungen unschuldig an.

»Nee, leider nicht.« Adam lachte. War das ein nervöses Lachen? Kim war sich nicht sicher.

»Los, lasst uns mal weitermachen, Ladys.« Adam zeigte den drei !!! verschiedene Techniken und Tim erklärte ihnen ein paar wichtige Begriffe. Nach anfänglichen Schwierigkeiten hatte sogar Kim Spaß am Sprayen. Für einen Moment vergaß

sie den Fall und die Tatsache, dass sie mit den potenziellen Tätern hier eine schöne Zeit verbrachte, während sie Sachen machte, die ihre Eltern ihr ganz bestimmt nicht erlaubt hätten.
Als Marie mit ihrer Liedzeile fertig war, ließ sie sich auf die angrenzende Wiese plumpsen. »Puh, mein Zeigefinger ist schon ganz steif von dem ständigen Gedrücke.«
Kim und Franzi fielen auch neben ihr ins Gras und die beiden Jungs setzten sich zu ihnen.
Kim rollte sich auf den Bauch. Sie stellte ihre Ellenbogen auf und stützte ihren Kopf auf ihre Hände. Dabei fiel ihr Blick auf den hinteren Teil der Gebäudewand, auf die ein großer Tiger gesprüht war. In einem kleinen Käfig, der daneben an die Wand gesprüht war, saß ein Mensch. Kim setzte sich auf und zeigte auf das Graffiti. »Ist das von euch?«
Auch Franzi und Marie bestaunten das Kunstwerk.
»Ja, cool, oder?« Adam grinste stolz.
Während er das sagte, tauschte Marie blitzschnell ihre am Vortag gekaufte Sprühdose gegen eine von Adam aus. Franzi machte das Gleiche mit einer Dose von Tim, der ebenfalls stolz zu dem großen Graffiti sah.
Franzi ließ die Dosen möglichst unauffällig in ihrem Rucksack verschwinden.
»Wo habt ihr das eigentlich gelernt?«
»Mein großer Bruder sprüht schon lange. Er hat uns einiges gezeigt, den Rest haben wir uns selbst beigebracht.« Adam schaute auf sein Handy. »Oh, so spät schon, ich muss in den Laden!« Er sprang auf.

Tim stand ebenfalls auf. »Ich muss auch los.«
»Danke, dass ihr uns so viel gezeigt habt.« Marie lächelte die beiden Sprayer an.
»Gern.« Adam nahm die ausgetauschten Sprühdosen und steckte sie ein, ohne zu merken, dass es die falschen waren.
»Viel Glück mit der Liebeserklärung für deinen Freund.«
»Danke.«
Adam und Tim winkten ihnen zu, setzten ihre Helme auf und fuhren los. »Man sieht sich.«
Die drei Mädchen blieben still nebeneinander im Gras sitzen, bis die Jungen außer Hörweite waren. Kim war mulmig zumute. »Die beiden waren es, oder?!«
»Ja, spricht alles dafür. Zumindest, was die Graffitis angeht.« Franzi stand auf und betrachtete stolz die von ihnen gesprühten Graffitis.
»Ich wünsche mir zwar, dass wir den Fall endlich lösen können, aber irgendwie hoffe ich auch, dass sie das mit dem Fleisch nicht waren.« Marie kratzte nervös Farbspritzer von ihren weißen Turnschuhen. »Zum Glück ist der dritte Typ nicht aufgetaucht.«
Kim stand auf, drehte ihre Handgelenke hin und her und schüttelte dann ihre Arme aus. »Ja, der hätte uns sofort erkannt und auffliegen lassen. Wir hätten eigentlich irgendwem Bescheid sagen müssen, dass wir hier sind. Zur Sicherheit, falls irgendwas passiert wäre.«
»Stimmt. Beim nächsten Mal denken wir dran!« Marie machte ihren Rucksack zu. »Schnell weg hier!«

»Immerhin können wir jetzt ausschließen, dass Boris etwas damit zu tun hat, denn der ist ganz sicher nicht der unheimliche Typ«, stellte Franzi fest, während sie ihren Helm aufsetzte.

Liebesgeständnis und Überführung

Detektivtagebuch von Kim Jülich
Mittwoch, 17:15 Uhr

Langsam kommt Licht ins Dunkel. Wir haben uns vorhin zu einem Undercovereinsatz mit Adam und seinem Freund Tim getroffen und sind uns nun sicher, dass die beiden zu dem Sprayer-Trio gehören. Dazu gibt es verschiedene Anhaltspunkte:

1. Tim macht Parkouring, genau wie der Sprayer, den wir vor ein paar Tagen nachts beim *Superkauf* beobachtet haben.
2. Die beiden können sehr gut sprayen.
3. Auf dem Zettel, der Adam neulich beim *Superkauf* aus der Hosentasche gerutscht ist, war eine Skizze des Spinnengraffitis aufgezeichnet, das an der Wand des *Superkaufs* war.
4. Und das ist der nachhaltigste Beweis: Die Fingerabdrücke auf den von Franzi heimlich ausgetauschten Sprühdosen stimmen mit denen auf der Sprühflasche überein, über die Franzi am Tatort gestolpert ist. ZUM GLÜCK aber nicht mit denen, die wir auf den Fleischverpackungen und dem Drohbrief gefunden haben. Wobei auf der Spraydose, über die Franzi gestolpert ist, als sie heimlich das Foto von den Sprayern machen wollte, unter anderem dieselben Fingerabdrücke

waren wie auf dem Fleisch. Das spricht dafür, dass der unbekannte Sprayer der Fleisch-Täter sein könnte, der auch den Drohbrief geschrieben hat.

Marie, Franzi und ich sind im Zwiespalt, weil wir Tim und Adam wirklich mögen und es gut finden, dass sich die beiden dafür einsetzen wollen, dass auch kleine Geschäfte neben den großen Riesenmärkten bestehen können. Aber erstens dürfen wir uns nicht von Sympathien leiten lassen und zweitens ist es ja auch falsch, dass sie mit ihren Aktionen dem *Superkauf* schaden. Und es ist ganz klar Sachbeschädigung, was sie da machen. Ich hoffe, dass sie wirklich nur gesprüht haben und nicht auch noch für die ganzen anderen Dinge verantwortlich sind. Unklar ist weiterhin: Wer hat die Spinne ausgesetzt? Wer hat das verdorbene Fleisch in die Regale gelegt? Waren die Maden im Salat Zufall?

Der nächste Schritt sieht so aus: Wir legen uns heute Abend noch mal beim *Superkauf* auf die Lauer. Wir haben alle drei das Gefühl, dass die Sprayer, also Tim und Adam, wiederkommen. Und unser Gefühl hat uns bisher selten im Stich gelassen. Zum Glück haben wir Verstärkung dabei: Holger. Ich habe ihn vorhin einfach mal angerufen und gefragt, ob er Tim vielleicht vom Parkouring-Training kennt. Kennt er leider nicht. Aber er wollte dann ganz genau wissen, was los ist, und hat nicht lockergelassen! Und ich habe ihn eingeweiht. Dann hat er darauf bestanden, uns zu helfen. Er meinte, dass er Tim einfangen könnte, wenn es Schwierigkeiten gibt und die Sprayer wieder abhauen. Als ich Marie davon erzählt habe, war sie zuerst sauer und wollte das überhaupt nicht, hat dann aber eingesehen, dass das zu unserem Schutz ganz gut sein könnte. Außerdem glaube ich, dass ein Wiedersehen mit Holger vielleicht ganz gut wäre. Marie guckt oft so traurig in letzter Zeit. Ich möchte, dass dieses Trauerkloßdasein endlich ein Ende hat!

Übrigens warte ich noch immer auf das Überwachungsvideo, das Hannah mir schicken wollte. Aber jetzt müssen wir uns erst mal voll und ganz auf heute Nacht konzentrieren …

Geheimes Tagebuch von Kim Jülich

Mittwoch, 18:05 Uhr

Dieses Tagebuch ist geheim! Die Warnung mit der Spinne, die sich abseilt, wird heute Nacht wahr werden, wenn du nicht sofort aufhörst, das hier zu lesen. Wer trotzdem weiterliest, wird zu Ostern außerdem kein einziges Ei, keinen Osterhasen, sondern maximal faule Eier bekommen.

Ich habe zusammen mit Sebastian eine Nachricht verfasst. Hach, das war echt schön. Bis dieser David kam und mir mit dem Bürostuhl über den Fuß gefahren ist. Na ja, egal. Sebastian hat mir so aufmerksam zugehört und dann haben wir den Text gemeinsam formuliert. Und: Er hat mich »junge Kollegin« genannt. Kolleeeeginnnn ... Muss man sich mal auf der Zunge zergehen lassen. Klingt irgendwie französisch oder so. Auf jeden Fall gut. Ha! Nur: Was soll ich bloß als Aufhänger für meine Reportage nehmen? Unser Fall fordert mich zu hundert Prozent. Wenigstens haben wir jetzt eine Spur (siehe Detektivtagebuch). Weil die Ermittlungen in den letzten Tagen so zeitaufwendig waren, hatte ich gar keine Zeit mehr, über die Reportage nachzudenken, wobei ich öfter mal an Sebastian gedacht habe. Komisch, dabei müsste ich doch eigentlich komplett abgelenkt sein. Aber er ist einfach so nett. Und sieht mit seinen dunklen Haaren irgendwie auch ziemlich gut aus, ist mir jetzt mal aufgefallen. Na ja, er ist schon fast dreißig. Oh nein, der ist ja mehr als doppelt so alt wie ich. Ob es in seiner Kindheit überhaupt schon Handys gab? Apropos: Franzi hat ja momentan kein Handy mehr und ist auch nicht wirklich erreichbar. Komisches Gefühl. Na ja, wir sehen uns ja gleich. Mama und Papa habe ich gesagt, dass wir wieder bei Marie schlafen. Machen wir dann ja auch, nachdem wir die Sprayer hoffentlich überführt haben. Ich bin ehrlich gesagt ganz froh, dass Holger heute Nacht dabei ist. Letztes Mal war es echt unheimlich, vor allem, als der fiese Typ Franzi das Handy aus der Hand gerissen hat und uns dann bedroht hat. Sie hat, glaube ich, ganz schöne Angst vor ihm ... So, jetzt muss ich mich auf unseren Einsatz vorbereiten.

»Mama, kann ich die Holunderlimonade mitnehmen?«
»Klar. Was macht ihr denn heute bei Marie?«, fragte Frau Jülich zweifelnd. »Wolltest du in den Ferien nicht auch an deiner Reportage schreiben?«
Herr Jülich kam in die Küche. »Lass sie doch wenigstens in den Osterferien mal mit Verpflichtungen in Ruhe.« Kim lächelte ihren Vater dankbar an. Dann packte sie noch schnell eine Packung Kekse ein, bevor Ben und Lukas etwas merkten. Genau in diesem Moment kamen ihre Zwillingsbrüder in die Küche gestürmt.
»Was machst du da?« Ben wollte einen Blick in Kims Rucksack werfen, aber Kim klappte ihn schnell zu.
»Nichts, was für dich interessant sein könnte.« Kim ging zur Tür.
»Und wo willst du hin?« Lukas sah seine große Schwester neugierig an.
»Dahin, wo es definitiv keine Superheldendetektive gibt.« Kim winkte ihren Eltern zu und verließ die Küche. Sie hörte ihre Mutter noch fragen, wer denn die Superheldendetektive seien, und grinste in sich hinein.

Als Kim eine Stunde später mit Franzi, Marie und Holger in ihrem Versteck saß, hatten die Wachleute bereits ihre Runde gedreht, die Limonade war geleert und die Kekse neigten sich auch schon dem Ende zu.
»Hoffentlich kommen sie bald, sonst reichen unsere Vorräte nicht aus«, witzelte Franzi. Die drei !!! hatten sich gemeinsam

mit Holger in das Auto von Stefan gekauert. Franzi hatte ihren großen Bruder gebeten, sein Auto auf dem Parkplatz abzustellen und ihr die Schlüssel dazulassen. Zur Überraschung der Mädchen war er ohne Fragen auf die Bitte eingegangen. Vom Inneren des Autos aus hatten die vier einen guten Blick auf das Geschehen und brauchten sich nur zu ducken, wenn jemand kam.

»Mist, ich muss mal auf die Toilette.« Kim wusste, dass das total unprofessionell war, aber sie hatte anscheinend zu viel von der Limonade getrunken.

»Ich komme mit. Lass uns schnell dahinten in die Büsche gehen«, schlug Franzi vor. »Es ist erst kurz nach zehn, beim letzten Mal kamen die Sprüher auch später.«

Kim überlegte, willigte dann aber ein, denn wer wusste schon, wie lange sie hier noch würden warten müssen. Schnell öffnete sie die Beifahrertür und sprang aus dem Auto. Franzi, deren Platz hinter dem Lenkrad war, öffnete die Fahrertür. Die beiden huschten geduckt in das Gebüsch, das sich am Rand des Parkplatzes befand. Als Kim fertig war, liefen sie zurück. Im Schein der Laterne konnten sie sehen, dass Holger mit Marie sprach. Beim Auto angekommen, drang seine Stimme durch den Türspalt. Kim hielt sich den Finger vor den Mund und Franzi nickte ihr zu. Geduckt blieben sie neben dem Auto hocken und hörten durch die angelehnte Fahrertür, was Holger im Inneren des Autos sagte.

»Du gehst mir aus dem Weg, oder?«

Marie schwieg.

»Mit Selma ist Schluss. Das wollte ich dir schon die ganze Zeit sagen. Und weißt du was? Du fehlst mir so. Ich vermisse es, Zeit mit dir zu verbringen. Wenn ich mit dir zusammen bin, habe ich das Gefühl, dass ich so sein kann, wie ich bin, und mich nicht verstellen muss.« Holger lächelte Marie an. »Süß, so wie du jetzt auf deiner Unterlippe kaust, das vermisse ich auch. Wir wollten doch noch so viel zusammen machen. Einen Tandemfallschirmsprung, nach Schweden fahren und Elche küssen und Muscheln sammeln an der Ostsee.«
»Nein, Bernsteine suchen an der Nordsee.« Maries Stimme klang kraftlos.
Durch den Türschlitz sahen Kim und Franzi, wie Holger Maries Hand nahm, sie wollte sie wegziehen, aber Holger hielt sie ganz fest. Sie ließ es geschehen und lachte unsicher.
»Ich möchte dein Lachen wieder jeden Tag hören.«
Kim tupfte sich mit dem Bündchen ihres Ärmels eine Träne aus dem Augenwinkel. Franzi lächelte gerührt.
»Sag doch auch mal was, Marie.«
»Das kommt jetzt ziemlich plötzlich. Ich weiß nicht …«
»Ich weiß das schon lange. Und seit Selma Schluss gemacht hat, bin ich mir ganz sicher, dass ich nur noch mit dir zusammen sein will.«
Kim und Franzi sahen sich alarmiert an.
Marie zog ihre Hand weg. »Aha, seit Selma Schluss gemacht hat, hast du plötzlich deine Liebe zu mir wiederentdeckt? Und dann hast du gemerkt, dass du nur mit mir du selbst sein kannst?« Ihre Stimme wurde hart.

»Marie, so war das nicht gemeint!« Holger sah Marie hilflos an.
»Ich kann aber nicht mehr mit dir zusammen sein, ohne mich zu verstellen.«
Plötzlich waren Schritte zu hören. Kim und Franzi sprangen zurück ins Auto.
»Ducken«, flüsterte Franzi gerade noch rechtzeitig. Denn im nächsten Moment kamen Adam und Tim angelaufen. Sie waren vermummt, aber Kim, die ihren Kopf ein wenig hob, um aus dem Seitenfenster hinauszuspähen, erkannte sie jetzt auch so.
»Und? Hat sich inzwischen irgendwas getan?« Franzi erkannte die Stimme des dritten Sprayers, der ihr das Handy weggenommen hatte, sofort wieder. Er war ebenfalls dabei.
»Wir sprayen hier doch erst seit ein paar Tagen. Was soll sich denn da so schnell tun?« Adam wühlte in seinem Rucksack und holte ein paar Flaschen heraus.
Kim drehte sich kurz um und sah, dass Marie von Holgers Liebeserklärung noch ganz schön aufgewühlt war. Holger guckte traurig. Die beiden waren auf der Rückbank so weit auseinandergerutscht wie möglich.
Tim hatte bereits mit dem Sprühen angefangen. Kim kniff die Augen zusammen und versuchte zu erraten, was er da sprühte.
»Oh, das sieht ja aus wie ein Totenkopf.«
»Pssst. Nicht so laut.« Marie hatte ihre Fassung wiedergefunden. »Wir rufen jetzt Kommissar Peters.« Sie nahm ihr Handy und wählte die Nummer des Kommissars. Im Flüsterton

schilderte sie ihm die Lage und legte dann auf. »Er kommt. Im Zivilfahrzeug. Er ist sogar in der Nähe.«
Tim hatte mittlerweile den Totenkopf fertig gesprüht und Adam war gerade dabei, einen Schriftzug danebenzusprayen.
»Mist!« Adam schüttelte seine Sprühdose.
»Was ist denn jetzt schon wieder?« Der dritte Sprayer klang genervt.
»Das sind die falschen Farben.« Adam wühlte in seinem Rucksack. »Ich hab zweimal Rot, aber nicht genug Schwarz.«
»Oh nein, jetzt merkt er gleich, dass wir die Sprühdosen vorhin vertauscht haben«, flüsterte Franzi mit besorgtem Blick zu Kim und Marie.
»Wusste ich es doch, dass man sich nicht auf dich verlassen kann. Du kannst noch nicht mal die richtigen Dosen einpacken.« Der Unbekannte sah Adam wütend an.
»Sei doch froh, dass wir dir helfen. So scharf bin ich echt nicht darauf, ständig neue Graffitis zu sprühen, die ich dann auch noch selbst wieder abwischen muss.« Adam warf wütend die leere Sprühdose in seinen Rucksack.
»Das war übrigens unfassbar dämlich, dass du den Job hier geschmissen hast. Damit war ich viel näher dran.« Der unbekannte Sprüher trat wütend gegen Adams Rucksack.
»Mach doch deine krummen Dinger allein.« Aufgebracht pfefferte Adam eine Sprühdose in seinen Rucksack zurück.
Der Unbekannte spuckte auf den Boden. »Bleibt mir ja nichts anderes übrig, du Loser. Dann ziehe ich das Ding morgen Abend eben allein durch.«

»Mach doch. Ich hab eh keinen Bock mehr. Komm, Tim, wir gehen!« Schnell packten die beiden ihre restlichen Sprühdosen weg.

Alarmiert blickte Kim zur Straße. »Wo bleibt der Kommissar?«

»Ich halte sie auf.« Holger war kurz davor, die Autotür zu öffnen.

»Stopp! Da kommt er.« Franzi zeigte auf ein Auto, das die Auffahrt des *Superkauf*-Parkplatzes hochfuhr.

Tim und Adam sahen sich erschrocken an. »Mist, die Polizei.« Adams Blick fiel auf das Auto, in dem die drei !!! mit Holger saßen. Er sah durch die Windschutzscheibe, aber Kim war sich nicht sicher, ob er sie erkennen konnte. Alle drei Sprayer nahmen ihre Rucksäcke und liefen los, jeder in eine andere Richtung.

»Ich schnapp sie mir!« Holger sprang aus dem Auto und lief hinter Tim her, der genau auf das Auto von Kommissar Peters zuraste. Kim blieb für einen Moment das Herz stehen. Peters bremste scharf und Tim sprang mit einem Salto über das Dach des Autos. Holger sprang ebenfalls über Peters' Auto, schnappte Tim am Ärmel und warf sich auf ihn. Tim versuchte, sich loszureißen, aber Holger hatte ihn fest im Griff. Peters stieg aus, aus der Beifahrertür kam ein Kollege. Sie übernahmen Tim. Peters' Kollege setzte Tim in das Polizeiauto und blieb daneben stehen.

»Jetzt die anderen!«, rief Holger.

»Halt, Junge, das ist zu gefährlich.«, der Kommissar hielt ihn am Ärmel fest, aber Holger riss sich los. »Sie passen auf den Jungen im Auto auf, ich laufe hinterher«, rief Peters, der bereits die Verfolgung aufgenommen hatte, seinem Kollegen zu. Holger war jedoch besser im Training und hatte den Unbekannten schon fast eingeholt.

Die drei Mädchen stiegen aus dem Auto aus und verfolgten angespannt das Geschehen.

Plötzlich war ein lauter Schrei zu hören. Der unbekannte Sprayer war stehen geblieben und schüttelte hektisch seinen Arm. »Weg! Weg!«, schrie er panisch.

Holger, der ihn eingeholt hatte, griff ihn am Arm und musste kurz auflachen. »Das ist doch nur eine Spinne.«

Adam, der eigentlich in eine andere Richtung geflüchtet war, kam angerannt. Er schlug die Spinne vom Arm des Unbekannten und schubste Holger mit aller Kraft weg. Holger taumelte nach hinten und wurde von Peters aufgefangen, der auch gerade ankam. Schnell rappelte Holger sich auf und stürzte sich auf Adam. Auch Peters packte Adam am Arm. Der Unbekannte wollte Adam befreien, aber der schrie nur: »Hau ab! Los!«

Während der Mann weglief, versuchte Adam sich loszureißen, aber Holger und Peters hatten ihn fest im Griff. Peters holte Handschellen raus.

Adam hob die Arme. »Ich komme so mit, keine Sorge.«

Holger wollte nun dem Unbekannten folgen.

»Stopp! Das wird zu gefährlich.« Peters' Stimme klang ernst. Außer Atem blieb Holger stehen und stützte sich auf seinen Oberschenkeln auf.

»Ich informiere die Kollegen über die flüchtige Person.« Während Peters Adam zum Polizeiauto führte, forderte er mit dem Handy Verstärkung an. Adam sah Kim enttäuscht an, die es kaum schaffte, seinem Blick standzuhalten.

Als Adam im Auto saß, kam Peters wieder zu ihnen herüber. »Ihr habt gute Arbeit geleistet! Danke. Auch dein Freund, Marie. Obwohl seine Aktion ziemlich gefährlich war.« Peters sah Holger anerkennend an.

»Er ist nicht mein Freund«, erklärte Marie tonlos und Kim sah, dass Holger kurz zusammenzuckte.

»Ich hoffe, Sie sind uns nicht böse, dass wir keine Ostereier gesucht haben«, erklärte Marie provokant.

Peters lächelte gequält. »Wem gehört eigentlich das Auto?«

»Mir.« Ohne dass es jemand gemerkt hatte, hatte Stefan sich dazugestellt. Franzi fiel ihrem Bruder erleichtert um den Hals.

»Habt ihr alle Verbrecher hinter Gitter gebracht?«, fragte er seine Schwester augenzwinkernd.

»Nicht ganz. Aufgrund unserer Beweislage gehen wir davon aus, dass Adam und Tim zwar die Graffitis gesprüht haben, jedoch nichts mit dem verdorbenen Fleisch zu tun haben. Ihre Fingerabdrücke waren nicht auf den von uns untersuchten Fleischverpackungen. Darauf waren jedoch die eines weiteren Sprayers zu finden. Wir nehmen an, dass der Flüchtige der Täter ist«, erklärte Kim, mehr an Peters gerichtet als an Stefan. Kim holte den Zettel mit den Fingerabdrücken aus ihrem Detektivnotizbuch und hielt ihn Peters hin. »Das sind seine Fingerabdrücke.«

Der Kommissar bedankte sich und legte den Zettel in den Streifenwagen. »Und um den dritten Täter kümmern wir uns.« Peters sah die drei !!! mit strengem Blick an.
»Ja, ja, wir verstehen schon, ab jetzt bemalen wir Ostereier.« Marie zwinkerte Peters zu und stieg mit ihren Freundinnen in Stefans Auto.
Während der Fahrt saß Kim hinten in der Mitte zwischen Holger und Marie, die beide schwiegen. Zum Glück fragte Stefan nicht weiter nach, was passiert war. Franzi saß eine ganze Zeit lang still neben ihrem Bruder. »Gut, dass du gekommen bist.«
»Ich hab mir dann doch Sorgen um meine kleine Schwester gemacht.«
»Kannst du Mama und Papa bitte nichts sagen und uns zu Marie fahren?«
»Okay, aber im Gegenzug versprecht ihr mir, dass ihr jetzt wirklich Ostereier bemalt.«
Franzi nickte erleichtert.
Bei der alten Villa angekommen, stiegen die drei Mädchen und Holger aus. Marie nickte Holger zu. »Danke, dass du uns geholfen hast. Aber jetzt trennen sich unsere Wege. Lass mich bitte in Zukunft in Ruhe.«
Holger wollte ansetzen und etwas sagen, aber Marie drehte sich um und ging über den knirschenden Kies auf die alte Villa zu. Auch Kim und Franzi bedankten sich schnell bei Holger und liefen dann Marie hinterher. Kurz vor der Treppe hatten sie ihre Freundin eingeholt. Sie nahmen Marie in die Mitte und

legten ihre Arme um sie. Kim hörte ein Schluchzen, das tief aus Maries Brust kam. Aber dann wischte ihre Freundin sich die Tränen mit dem Handrücken ab und verkündete: »So, und jetzt brauche ich mal eine Pause von allen Jungs.«

Als sie zusammen die Treppe hochgingen, öffnete sich die Haustür und Sami kam heraus. »Wo kommt ihr denn jetzt noch her? Ich hab mir schon Sorgen gemacht.«

»Wir haben gerade zwei Graffiti-Sprayer überführt«, sagte Marie trocken, als sie an Sami vorbei durch die Eingangstür ging.

»Wow. War das nicht gefährlich?« Sami blieb der Mund offen stehen.

»Ach, so wild war das nicht. Kommt, Mädels, wir machen es uns in meinem Zimmer gemütlich. Gute Nacht, Sami.« Marie lief vor ihren beiden Freundinnen die Treppe zu ihrem Zimmer hinauf, das sich im Erker der alten, großen Villa befand. Kim und Franzi sahen sich verwundert an. Hatte Marie es wirklich ernst gemeint mit der Pause von den Jungs?

Superheldendetektive

»Gut, dass ihr mitgekommen seid.« Kim machte die Tür ihres Zimmers zu. Es war Gründonnerstagmorgen, die drei !!! hatten im *Lomo* gefrühstückt und waren dann zu Kim aufgebrochen.

»Hat Hannah am Telefon vorhin eigentlich gesagt, warum sie das Video erst heute schickt?« Marie hüllte sich in ihren Cashmere-Cardigan ein.

»Sie war bei ihrer Oma«, meinte Kim, während sie sich auf den Boden vor Kims aufgeklappten Laptop setzten.

»Geht's dir jetzt besser, Marie?«, fragte Kim, während sie das Mailprogramm startete.

Marie nickte. »Mit Holger würde ich sowieso nicht glücklich werden können und immer denken, dass er nur mit mir zusammen ist, weil Selma ihn nicht will. Schade, dass Sami nicht wenigstens ein bisschen mit mir flirtet, das wäre eine Ablenkung.«

»Er ist einfach zu alt für dich«, meinte Franzi.

Marie verdrehte die Augen. »Ja, das stimmt wahrscheinlich.«

Kims Mailprogramm vermeldete mit einem Hundegebell-Geräusch den Eingang zweier E-Mails.

Sie klickte die erste E-Mail an. »Oh, Sebastian hat einen neuen Terminvorschlag für die Redaktionsbesichtigung geschickt. Heute Nachmittag.« Kims Augen leuchteten. »Ich sage zu.« Kim tippte schnell eine Antwortmail.

»Wie alt ist Sebastian eigentlich?« Marie sah Kim neugierig an.

»Warum?« Kim merkte, wie ihre Wangen rot wurden.

»Ich finde, du redest ganz schön viel von ihm.«

»Hallo?! Er leitet meinen Workshop, da werde ich ihn ja wohl mal erwähnen dürfen.« Kim fühlte sich angegriffen.

»Nicht streiten, Mädels. Hat der Kommissar sich schon gemeldet?« Franzi, die im Schneidersitz saß, beugte sich nach vorne, um auf den Laptop zu sehen.

»Ja.« Kim überflog die zweite E-Mail. »Adam und Tim sind wieder auf freiem Fuß, es wird ein Verfahren gegen sie eingeleitet. Die Polizei und das LKA fahnden jetzt nach dem dritten Sprayer. Tim und Adam weigern sich, seinen Namen zu nennen.«

»Lasst uns mal überlegen: Der Unbekannte hat während des Streits gesagt, dass er ›das Ding‹ heute Abend alleine durchzieht. Was könnte das sein?«

»Er hat ja im Drohbrief einen Skandal angekündigt.« Marie sah nachdenklich in die Runde. »Es bringt nichts, darüber nachzudenken. Wir müssen ihn beobachten. Wollen wir gegen sechs Uhr mit der Aktion starten?«

Kim nickte. »Und warum ist Adam eigentlich zurück zu ihm gelaufen und nicht abgehauen?«

Marie überlegte. »Da war doch eine Spinne auf seinem Arm. Vielleicht hat er große Angst vor Spinnen und Adam wollte ihm helfen? Ich konnte mich neulich auch nicht mehr bewegen, als da plötzlich die Spinne im Supermarkt aufgetaucht ist.«
»Du könntest recht haben.« Kim öffnete die Suchmaschine und gab das Stichwort »Spinnenangst« ein. *»Arachnophobie, auch Spinnenphobie, ist die Angst vor Spinnen«*, las sie vor. *»Bei einer Konfrontationstherapie wird der Patient direkt mit dem Objekt der Angst konfrontiert. Das geht so weit, dass er eine Vogelspinne berühren muss. Wichtig dabei ist das Durchhalten, also das Durchleben der Angstsituation.«*
»Puh, eine Vogelspinne könnte ich im Leben nicht berühren.« Marie schüttelte sich. »Ich glaube, ich habe auch Arachnophobie.«
»Das ist ja heftig – der Typ hat wahrscheinlich eine Spinnenphobie und sprüht Spinnengraffitis. Dann hat er die Spinne bestimmt nicht ausgesetzt.« Im selben Moment kam eine E-Mail von Hannah an. »Um das verschwundene Portemonnaie müssen wir uns auch noch kümmern«, meinte Kim und klickte die Filmdatei an, die Hannah ihr geschickt hatte. Gespannt starrten die drei !!! auf die Bilder der Überwachungskamera. Man sah die gesamte Obst- und Gemüse-Abteilung. Das Bild war schwarz-weiß und ziemlich unscharf.
Die drei !!! verfolgten die Bewegungen auf dem Bildschirm konzentriert. »Ich sehe nichts Auffälliges.«
Plötzlich wurde Kims Zimmertür aufgerissen und ihre

Zwillingsbrüder Ben und Lukas stürmten herein. Lukas hielt ein Einmachglas in der Hand und wedelte damit vor den Augen der drei Detektivinnen herum.

»Hast du Angst vor Spinnen, ruf die Superheldendetektive und nicht Detektivinnen!«

»Uäh!« Marie verzog angeekelt das Gesicht. »Da sind ja Insekten drin.«

»Habt ihr uns etwa belauscht?« Kim baute sich wütend vor ihren Brüdern auf.

»Nö, wir wollten dir nur deine Visitenkarten zurückgeben.«

»Das ist aber echt seltsam. Die hab ich schon überall gesucht. Wo waren sie denn?« Kim nahm Ben den Stapel mit den Visitenkarten der drei !!! aus der Hand.

»Wohnzimmer«, sagte Ben schnell.

Kim legte die Karten auf ihren Schreibtisch und wollte sich schon wieder ihren Brüdern zuwenden, da blieb ihr Blick auf den Kontaktdaten heften. Irgendetwas sah anders aus. Sie brauchte einen kleinen Moment, bis sie darauf kam: »Ihr habt nicht im Ernst eure Handynummer auf meine draufgeklebt?«

Ben und Lukas schwiegen, während Kim, Franzi und Marie sich die Karten genauer anschauten. Marie nahm eine der Karten in die Hand und zog vorsichtig einen Aufkleber ab. Darauf stand die Handynummer von Ben und Lukas und zum Vorschein kam Kims Nummer.

Kim wurde stinksauer. »Ihr seid echt …«

»Guck mal, da ist ja Nils auf dem Video«, unterbrach sie Lukas, der die ganze Zeit mit einem Auge auf das Überwachungsvideo geschielt hatte. Die drei !!! schauten ebenfalls zum Bildschirm. »Tatsächlich. Kennt ihr ihn etwa noch?«

»Ja, wir haben ihn neulich auf dem Sportplatz getroffen.« Lukas starrte auf den Bildschirm.

»Da geht er an den Bananen vorbei.« Kim spulte das Video noch mal zurück. »Guckt mal, hat er da nicht einen dunklen Schatten auf dem Ärmel, und als er an den Bananen vorbei ist, nicht mehr?«

»Hat er etwa die Vogelspinne im *Superkauf* ausgesetzt?« Marie nahm noch mehr Abstand von Lukas, der immer noch das Glas mit den Insekten in der Hand hielt.

»Aber der hat doch seine Vogelspinne noch. Wir wollten gerade hingehen. Er hat uns versprochen, dass wir bei der Fütterung zugucken dürfen. Deshalb haben wir auch Insekten gesammelt.« Ben schwenkte das Einmachglas hin und her.

Kim fiel aus allen Wolken. »Ich fass es nicht. Als wir zusammen im Kindergarten waren, wollte ich ihn heiraten. Aber dann hat er schon immer so eklige Sachen gemacht, wie Regenwürmer essen! Da habe ich mich schnell wieder entliebt.«

»Und jetzt hält er Spinnen und setzt sie im Supermarkt aus.« Marie schüttelte den Kopf. »Der ist echt seltsam.«

Kim wollte es zwar nicht wahrhaben, dass es Nils war, aber ihr Gefühl sagte ihr, dass es wirklich so war. »Ich rede mit ihm.« Sie wählte seine Nummer und wartete gespannt, dann ließ sie das Handy sinken. »Er hat mich weggedrückt.«

Nachdenklich starrte sie auf ihren Laptop. »Gut, Ben und Lukas. Dass ihr meine Visitenkarten gefälscht habt, ist eine schlimme Straftat. Wenn ihr milde davonkommen wollt, habt ihr jetzt einen Job. Und zwar als echte Superheldendetektive.« Ben und Lukas jubelten und klatschten sich ab.

Eine halbe Stunde später näherten sich die drei !!! gemeinsam mit Ben und Lukas dem Wohnhaus von Frau Blume.
»Und denkt dran: Ihr sagt Nils nicht, dass ihr Superheldendetektive seid. Noch irgendwelche Fragen?« Kim sah ihre Brüder an.
»Wir sind doch keine Anfänger«, meinte Ben und Lukas ergänzte: »Wir sind echte Profis.« Dabei schwenkte er wieder das Glas mit den Insekten.
»Ja, es war auch sehr professionell, wie ihr meine Visitenkarten manipuliert habt. Die waren ganz schön teuer. Die neuen bezahlt ihr von eurem Taschengeld«, sagte Kim streng. Ben rollte mit den Augen.
»So, ich muss jetzt zum Einsatz«, meinte Lukas.
»Wartet noch mal kurz.« Marie überprüfte das Funkgerät, das sie Lukas in die Tasche seines Kapuzenpullis gesteckt hatten. »Denk dran, du musst immer in Nils' Nähe sein, wenn er spricht.«
Die Mädchen nahmen unauffällig ihren Abhörposten hinter der Mauer zwischen zwei Mülltonnen ein, während Ben und Lukas an der Haustür klingelten.
Kim spähte hinter der Mülltonne hervor und sah, wie Nils die Tür öffnete. Ben und Lukas gingen rein und die Tür fiel zu.
»Abhöraktion starten!«, befahl Kim und Marie machte das

Walkie-Talkie an. Kim stellte ihr Handy auf Aufnahme. Gespannt lauschten die Mädchen auf die Geräusche, die aus dem Funkgerät kamen. Es rauschte und raschelte, aber dann war deutlich Nils' Stimme zu hören. »Darf ich vorstellen: Alfred Vogelspinne.«
»Wow, ist die groß.« Bens Stimme war voller Bewunderung.
»Darf man die auch mal auf die Hand nehmen?«, hörten sie Lukas fragen. Marie schüttelte sich. »Deine Brüder sind echt verrückt«, flüsterte sie. Kim nickte genervt und Franzi musste grinsen.
»Vogelspinnen mögen das nicht so. Habt ihr Futter dabei?« Nils' Stimme klang sehr nett.
»Ja, hier!« Die drei Mädchen hörten angestrengt zu. Es knackte und raschelte wieder, dann hörte man Nils: »Guten Appetit.«
»Wow, Alfred hat ja Hunger«, hörten die drei Mädchen Ben sagen.
»Die sollen mal langsam zum Punkt kommen.« Kim sah genervt auf die Uhr.
Wie aufs Stichwort hörten sie Lukas' Stimme: »Nimmst du Alfred auch manchmal mit raus?«
»Eigentlich nicht. Das bedeutet für die Spinne zu viel Stress.«
»Ach schade, ich dachte, wir können Alfred mal ausleihen. Meine Schwester ist manchmal echt gemein. Stellt euch mal vor, wie lustig das wäre, wenn plötzlich eine Vogelspinne auf ihrem Kopfkissen sitzen würde.« Lukas kicherte hysterisch.
Kim verdrehte die Augen.

Ben versuchte weiter, Nils aus der Reserve zu locken. »Wenn du uns Alfred nicht geben kannst, kannst du uns einen Tipp geben, wo wir so eine Spinne herbekommen?«

Nils seufzte. »Das ist keine gute Idee. Ich verrate euch jetzt mal was, was ihr keinem sagen dürft, vor allem nicht Kim. Ich habe eine Vogelspinne im *Superkauf* ausgesetzt. Und jetzt ist die Spinne beschlagnahmt und viele Leute haben sich total erschreckt.«

Kim, Marie und Franzi klatschten sich leise ab.

»Nicht schlecht, die Superheldendetektive«, sagte Franzi augenzwinkernd. »Hast du alles aufgenommen?«

Kim tippte auf ihrem Handy auf die Play-Taste. Nils' Geständnis war deutlich zu hören.

Dann wählte sie eine Nummer. »Hi, Ben, gute Arbeit. Könnt ihr mit Nils mal rauskommen?« Sie verdrehte die Augen. »Nein, ihr wartet nicht, bis Alfred den Käfer gegessen hat. Sofort!« Kim legte auf.

Kurze Zeit später erschienen Ben und Lukas, gefolgt von Nils, in der Haustür. Die drei !!! waren aus ihrem Versteck hervorgekommen und begrüßten Nils verhalten, der bereits etwas zu ahnen schien, denn er sah unsicher in die Runde.

»Hey, Kim, holst du deine Brüder ab?«

»Hi, Nils. Ja, genau. Aber ich muss dich noch etwas fragen.« Kim wollte fair sein und Nils die Chance geben, seine Tat selbst zu gestehen. Sie hoffte, dass er ihr die Wahrheit sagen würde. »Ben und Lukas haben mir erzählt, dass du eine Vogelspinne hast. Wir haben dich neulich vor dem *Superkauf* getroffen.

Kurz danach ist eine Vogelspinne im Geschäft aufgetaucht. Hast du etwas damit zu tun?«

Nils senkte den Blick und schüttelte den Kopf. »Nein.« Kim war enttäuscht, dass Nils ihr nicht die Wahrheit sagte. Ihr schlechtes Gewissen, dass sie ihn in die Falle hatten tappen lassen, hielt sich nun in Grenzen. »Ich komme nicht nur meine Brüder abholen, sondern auch dein Geständnis.« Kim tippte auf ihr Handy, das sie die ganze Zeit in der Hand hielt. Wieder war Nils' Stimme zu hören. »Ich habe eine Vogelspinne im *Superkauf* ausgesetzt.«

Nils seufzte. »Seit der *Superkauf* da ist, hat meine Oma kaum noch Kunden. Ich wollte denen eins auswischen«, erklärte er geknickt.

»Du hast mich zu Tode erschreckt«, meinte Marie vorwurfsvoll. »Und eine Frau mit ihrem Sohn auch.«

»Außerdem war die ganze Aktion gefährlich, mal abgesehen davon, dass man Tiere für so etwas nicht missbraucht.« Franzis Stimme klang vorwurfsvoll.

Kim sah Nils betroffen an. »Dir ist schon klar, dass der Feuerwehreinsatz nicht gerade billig war und der *Superkauf* eine Weile schließen musste? Das kostet auch Geld.«

»Ja ... Ich weiß, dass das eine total dumme Aktion war. Ich werde zur Polizei gehen und mich stellen«, sagte Nils kleinlaut. »Als ob meine Oma nicht schon genug Sorgen hätte.«

»Aber echt!« Kim sah Nils vorwurfsvoll an und klopfte dann ihren Brüdern auf die Schulter. »Gut gemacht, Jungs!«

»Superheldendetektive. Nicht Jungs«, korrigierte sie Ben.

Franzi sah Nils direkt an. »Aber mit den anderen Sachen hast du nichts zu tun?«

Nils druckste herum. »Na ja, die Maden im Salat, das war auch ich. Und ich hab der *Neuen Zeitung* Informationen über die Spinne zugespielt, damit möglichst viele davon erfahren, dass dort eine Spinne war. Damit niemand mehr im *Superkauf* einkaufen will. Aber der ganze Rest, das Graffiti, das Fleisch und so, damit hab ich nichts zu tun.« Nils dachte nach. »Es kann nur sein, dass mich das Graffiti auf die Idee gebracht hat, die Spinne auszusetzen.«

»Ich schicke dir die Nummer von Kommissar Peters. Er ist ein alter Bekannter von uns und kümmert sich auch um den *Superkauf*-Fall.« Kim tippte wieder auf ihrem Handy herum.

Nils' Handy piepste in seiner Hosentasche. »Okay, ich rufe ihn gleich an. Aber vorher rede ich mit meiner Oma.« Nils winkte matt in die Runde und drehte sich um, da kam ihm Frau Blume entgegen. »Oma, wohin willst du denn?«

»Ich möchte im Laden nach dem Rechten sehen. Außerdem brauchen die Osterglocken frisches Wasser.«

»Aber das kann ich doch eben machen.« Kim ging auf Frau Blume zu.

»Danke, meine Liebe, dann nimm dir bitte eine Tüte Gummibärchen!« Frau Blume gab ihr den Schlüssel. »Kinder, was macht ihr denn eigentlich alle hier?«

Kim bemerkte, dass Nils sie nervös ansah. »Wir haben einen Spaziergang gemacht und zufällig Nils getroffen. Den Schlüssel bringe ich Ihnen morgen zurück. Okay?« Frau Blume nickte.

Kim sah Nils auffordernd an. »Du, Oma, ich muss mal mit dir reden«, brachte der daraufhin leise hervor.
»Ist was passiert?«
»Komm, wir gehen rein.« Nils schob seine Oma Richtung Haustür.
»Jetzt müssen wir nur noch einen Täter schnappen.« Kim rieb sich die Hände.
»Und wir helfen mit«, jubelte Ben.
»Auf keinen Fall! Ihr geht jetzt nach Hause und freut euch des Lebens, dass ich Mama und Papa nichts von den gefälschten Visitenkarten erzähle.« Kim sah ihre Brüder ernst an.
»Na gut.« Ben und Lukas ließen die Köpfe hängen.
»Ihr habt uns zwar echt richtig toll geholfen«, sagte Franzi tröstend, »aber in Zukunft lösen wir unsere Fälle wieder alleine.«

Alfred, der Retter in der Not

Einige Stunden später, als es schon dunkel wurde, hockten Kim und Franzi in der kleinen Bäckerei, die sich im *Superkauf* gegenüber den Kassen befand.

Franzi nahm einen Schluck Kakao aus ihrem Becher und rückte ihre Beanie-Mütze zurecht.

»So erkennt dich echt keiner.« Kim musste kichern.

»Du siehst auch super aus mit der Sonnenbrille und der Mütze.« In dem Moment hörten die beiden ein Rauschen.

»Oh, das ist Marie. Sie hat bestimmt ihren Posten in Frau Blumes Laden eingenommen und will einen Funk-Test machen.« Kim bückte sich über ihre Tasche, in der sie das Funkgerät hatte. Sie wollte es nicht herausholen, um kein Aufsehen zu erregen. »KF an M, alles klar bei dir?«

»M an KF. Ja. Habe den Osterglocken frisches Wasser gegeben. Sitze jetzt neben der Kasse und esse Gummibärchen«, hörten sie Maries Stimme aus dem Funkgerät.

»Super, hier ist die Lage noch ruhig«, antwortete Kim. »Wir melden uns wieder.«

»Roger«, gab Marie zurück.

»Superidee von dir, Frau Blumes Laden zur Einsatzzentrale zu machen.« Franzi nahm den letzten Schluck ihres Kakaos und leckte sich genießerisch die Lippen. »Ist nicht so weit weg wie die Villa und unser Hof, und Superheldendetektive gibt es da auch nicht.«

Kim nickte beipflichtend. »Und Marie muss nicht allein auf dem Parkplatz sitzen.«

»Super auch, dass wir das Funkgerät haben. Der Handyempfang ist hier drinnen echt nicht der beste.« Franzi schob sich eine Haarsträhne unter ihre Mütze.

»Coole Sonnenbrille, Kim!« Plötzlich stand Hannah neben ihrem Tisch. »Kleine Recherchepause?« Sie zwinkerte Kim zu. »Hallo«, kam es gleichzeitig aus Kims und Franzis Mund. Die beiden tauschten Blicke aus, denn es passte einfach nicht, dass sie Hannah jetzt mitten im Einsatz trafen.

»Wie fandest du unser Treffen in der Redaktion? Sebastian ist echt nett, oder?«

Kim kratzte sich unter ihrer dicken Strickmütze, die sie als Tarnung angezogen hatte. Erst jetzt sah sie, dass Hannah ein neues Mountainbike neben sich herschob.

»Ist das nicht warm mit der Mütze hier drinnen?« Hannah sah Kim verwundert an, die unruhig auf ihrem Stuhl hin und her rutschte.

»Geht so. Darf man Räder hier mit reinnehmen?«

»Cooles Bike, oder? Hab ich mir heute gekauft.«

»Echt supercool!« Franzi bewunderte das Rad.

Kim zog ihre Mütze tiefer ins Gesicht. »Und woher hast du das ganze Geld so plötzlich?«

Hannah grinste die beiden Mädchen verschwörerisch an.

»Sag nicht, du hast Schmidts Portemonnaie geklaut!«, platzte es aus Kim heraus.

»Was? So ein Quatsch. Das habe ich extra schnell in seiner Schreibtischschublade versteckt, um ihn abzulenken. Ich saß nämlich die ganze Zeit unter seinem Schreibtisch.«

Franzi horchte auf. »Das war bestimmt interessant. Worüber haben Schmidt und der Typ vom LKA denn da gesprochen?«

»Das sage ich euch nur, wenn ihr mir endlich sagt, was ihr hier in Wirklichkeit treibt. Und dann verrate ich auch, woher ich das Mountainbike habe.«

»Wollen wir es ihr sagen?« Franzi sah Kim fragend an.

Kim zögerte kurz, entschied sich dann aber für die Wahrheit. »Wir sind Detektivinnen und ermitteln in dem Supermarktfall.«

»Hab ich's mir doch gedacht.« Hannah grinste. »Okay, also der Typ vom LKA meinte, dass die Fingerabdrücke auf der Bananenkiste keine Hinweise geben, weil es zu viele sind. Und bei dem Typen, der das schlechte Fleisch hier verteilt hat, gibt es wohl eine erste Spur.«

Im selben Moment sahen Kim und Franzi den unbekannten Sprayer auf sie zukommen. »Bitte unauffällig verhalten«, raunte Kim Hannah schnell zu, die sofort verstand und sich so hinsetzte, dass sie die beiden Detektivinnen ein bisschen verdeckte.

Der Mann ging an ihnen vorbei in den Supermarkt. Erleichtert atmeten die Mädchen auf.
»Los geht's.« Kim und Franzi standen auf und Franzi wollte ihr Portemonnaie hervorkramen.
»Lasst mal, ich mach das! Viel Glück.« Hannah nickte den beiden Mädchen aufmunternd zu, die sich bei ihr bedankten und ihre Verfolgung aufnahmen. So unauffällig wie möglich folgten sie dem jungen Mann, der zielstrebig auf den Personalbereich zulief.
»Unser Geschäft schließt in wenigen Minuten. Wir möchten Sie bitten, sich auf den Weg zu den Kassen zu begeben«, schallte es plötzlich aus den Lautsprechern. Aber die Durchsage schien den Mann nicht zu interessieren. Er verschwand ungesehen im Personalbereich. Kim und Franzi zögerten kurz, aber es blieb ihnen nichts anderes übrig, sie mussten hinterher.
»Hoffentlich begegnen wir nicht Herrn Schmidt«, flüsterte Kim Franzi zu, als sie sich durch die Tür schlichen. Der Unbekannte war bereits am Ende des Gangs angekommen. Kim und Franzi hörten Schritte näher kommen und konnten sich gerade noch durch eine Tür in einen fensterlosen Raum flüchten. Um sich zu orientieren, holte Kim ihre Taschenlampe aus der Tasche und schaltete sie ein. Franzis Gesicht tauchte vor ihr auf. Sie befanden sich in einer Putzkammer. Kim nahm die Sonnenbrille ab und versuchte, ruhig zu atmen, damit keine Platzangst aufkam.
»Die Reinigungsfirma kommt erst morgen«, hörten sie Schmidt vor der Tür sagen. »Machen Sie alle Feierabend. Das

war eine anstrengende Woche.« Es waren Schritte im Flur zu hören, dann wurde es wieder ruhig. Kim versuchte, gleichmäßig zu atmen. Franzi öffnete die Tür einen Spaltbreit und flüsterte: »Die Luft ist rein. Erst mal raus hier.« Die beiden Detektivinnen schlichen sich aus ihrem Versteck. Im Flur stand ein Werbeaufsteller, ein großer Osterhase aus Pappe.
Und wieder näherten sich Schritte. Kim und Franzi sprangen blitzschnell hinter den Hasen und duckten sich.
»Hier alles okay. Bei dir auch?« Ein Wachmann kam vorbei. Er hatte ein Funkgerät in der Hand und verständigte sich anscheinend gerade mit einem Kollegen. »Okay, dann lass uns Feierabend machen.« Der Mann verschwand durch die Tür des Personalbereichs in den Supermarkt. Die Lichter gingen aus. Hinter dem Papposterhasen konnten Kim und Franzi kaum noch etwas erkennen, denn es brannte nur eine Art Notbeleuchtung.
Kim wollte Marie gerade eine SMS schreiben, dass sie momentan nicht funken konnten, weil sie sich leise verhalten mussten, da hörten sie wieder Schritte. »Langsam wird es unheimlich«, wisperte Franzi Kim zu. »Warum mussten wir uns überhaupt mit dem Typen einsperren lassen?«
»Damit wir ihn auf frischer Tat ertappen und an Peters übergeben können«, flüsterte Kim. Die Schritte kamen näher. Kim und Franzi hielten erneut die Luft an.
Der unbekannte Sprayer lief an ihnen vorbei. Er schaute starr geradeaus und sah die beiden Mädchen nicht. Beinahe wäre er über den Fuß des Papposterhasen gestolpert. Er hatte seinen

Rucksack in der Hand und steuerte wieder auf den Verkaufsbereich zu. Als die Tür hinter ihm zugefallen war, trauten Kim und Franzi sich aus ihrem Osterhasenversteck hervor und liefen zur Tür. Kim öffnete sie einen Spaltbreit und lugte hindurch. »Was siehst du?«, wollte Franzi ungeduldig wissen.
»Nichts. Wir müssen rein.« Die beiden Mädchen schlängelten sich durch die Tür in den Verkaufsbereich und liefen durch den großen Hauptgang. Schnell bogen sie links in einen kleineren Gang ab, dessen Regale voller verschiedener Nudelsorten waren. Die Notbeleuchtung war so dunkel, dass sie kaum etwas sehen konnten. Plötzlich rutschte Kim aus. Intuitiv hielt sie sich am Regal fest. Irgendetwas Schmieriges war auch an den Regalbrettern. Kim unterdrückte einen Schrei. Sie rieb ihre Hand an ihrer Hose ab, dann roch sie daran. Entsetzt flüsterte sie Franzi zu: »Hier ist überall Sprühfarbe.«
Im selben Moment sahen sie den Unbekannten, der im Hauptgang umherschlich und wahllos auf seine Sprühflasche drückte. Er war ganz nah. Kim und Franzi rührten sich nicht von der Stelle. Kim hoffte, dass er an der Abzweigung vorbeiging und nicht in den Gang mit den Nudeln abbog. Dann würde er sie entdecken. »Na, Osterhase, wer hat hier die schönsten Farben?«, hörten Kim und Franzi ihn sagen.
Weil sie noch Farbe an den Fingern hatte, fischte Kim etwas umständlich ihr Handy aus der Hosentasche und gab es Franzi. »Schreib Marie, dass sie kommen und Peters informieren soll«, flüsterte Kim. Blitzschnell tippte Franzi und drückte auf Senden. »Das geht nicht.« Franzi sah Kim panisch an. »Kein

Empfang.« Plötzlich rauschte es laut in Kims Tasche und dann war Maries Stimme zu hören. »Schokohase an Gummibärchendetektive. Alles klar bei euch?« Sie hatten vereinbart, dass Kim das Funkgerät leise stellen würde, wenn es sein musste. Das hatte sie aber leider vergessen. Der Unbekannte näherte sich nun den zwei Detektivinnen. Franzi und Kim standen langsam auf. Kim holte das Funkgerät aus ihrer Tasche und wollte Marie schnell antworten, da stand er auch schon vor ihnen und riss ihr das Funkgerät aus der Hand. »Ihr schon wieder. Wie süß. Ihr habt kein Handy mehr und spielt jetzt mit Funkgeräten.« Seine Stimme war tief, er lachte herablassend. Kim sah zum ersten Mal sein Gesicht. Er hatte kurze braune Haare und eisblaue Augen. Wie die von Adam. Plötzlich war sie sich sicher, dass er Adams Bruder war.
Der Mann drückte die Sprechtaste des Funkgeräts. »Hier ist der Osterhase. Wehe, du rufst die Polizei, dann geht es deinen Gummibärchendetektiven gehörig an den Kragen.« Kim und Franzi nutzten den Moment und rannten los. Der Sprayer spurtete hinter ihnen her. Kim spürte, dass er ihnen dicht auf den Fersen war. Ihr Herz hämmerte schnell. Die drei !!! hatten schon oft Gefahrensituationen gedanklich durchgespielt, um für den Ernstfall vorbereitet zu sein. Jetzt musste alles sitzen. Am Ende des Ganges mit den hohen Regalreihen angekommen, teilten Kim und Franzi sich auf und liefen in unterschiedliche Richtungen. Dadurch gewannen sie etwas Zeit, da der Verfolger kurz stehen blieb und überlegte, wem er hinterherlaufen sollte. Er entschied sich für Franzi. Kim stürmte zum

Milchregal, nahm so viel Sahne und Milch, wie sie tragen konnte, rannte wieder zum Hauptgang, durch den Franzi hoffentlich gleich laufen würde, und verschüttete alles. Da sah sie ihre Freundin auch schon kommen. Der Mann war ihr wieder dicht auf den Fersen. Kim schrie: »Rad schlagen!«, und Franzi nahm Anlauf, dann berührte sie den Boden nur ganz kurz mit den Händen und schlug ein Rad. Mit viel Schwung gelang es ihr, erst hinter der verschütteten Milch wieder zu landen. Der Sprayer war davon so irritiert, dass er nicht auf den Boden guckte und in der Milchlache ausrutschte. Diesen Moment nutzten die beiden Mädchen, um durch die Tür zurück in den Mitarbeiterbereich zu entkommen. Sie rannten den dunklen Gang entlang.

»Hier rein!« Franzi zog Kim durch eine Stahltür, die einen Spalt offen stand. Ihre Herzen rasten und sie versuchten, die Tür so leise wie möglich hinter sich zu schließen. »Wo sind wir?« Kim japste nach Luft. Sie konnte kaum etwas erkennen, aber sie nahm einen beißend stechenden Geruch wahr und musste einen Würgereiz unterdrücken.

»Müllraum.« Franzi war außer Puste.

»Und wohin jetzt?« Kim sah sich panisch nach einer anderen Tür oder einem Versteck um.

Draußen auf dem Gang waren die schweren Schritte des Mannes zu hören. Er hämmerte an die Stahltür. Franzi schob mit aller Kraft den Deckel eines großen Müllcontainers auf. Sie hielt Kim ihre Hände zur Räuberleiter hin, aber die zögerte. »Das kann ich nicht.«

»Du musst!« Franzi sah Kim flehend an. Die Türklinke wurde heruntergedrückt.
Kim nahm ihren Mut zusammen, stieg blitzschnell auf Franzis Hände und sprang in den Müllcontainer hinein. Franzi kam mit einem gekonnten Sprung hinterher und zog sofort die Klappe zu. Kim hielt sich die Nase zu, ihr Herz klopfte bis zum Hals. Sie hörten, wie die Tür des Müllraums knarrend aufging. Der Mann schien im Raum umherzugehen und Kim versuchte angestrengt, ihre aufkommende Platzangst zu unterdrücken. Und dann auch noch dieser elende Gestank! »Wo habt ihr euch versteckt?« Seine Stimme klang wütend. Kims Atmung beschleunigte sich.
Franzi sah Kim mit weit aufgerissenen Augen an und hielt ihren Finger vor den Mund. Die Schritte entfernten sich wieder. »Du musst langsam atmen, Kim. Ganz ruhig«, versuchte Franzi Kim im Flüsterton zu beruhigen. Aber auch Franzi sah ganz blass aus. Schließlich hörten sie, wie die Tür des Müllraums zufiel.
Kim kramte hektisch ihre Taschenlampe hervor und schaltete sie an, während Franzi versuchte, den Schiebedeckel des Müllcontainers wieder zu öffnen. »Mist.«
»Was ist?« Kim sah ihre Freundin ängstlich an.
»Da klemmt was. Ich glaube, wir sitzen fest.« Auch Franzi wurde immer unruhiger. Sie begann zu schwitzen und riss sich ihre Mütze vom Kopf. Panisch rüttelte sie an der Schiebeöffnung herum, aber die bewegte sich nicht. »Das klemmt.« Kim stand auf und versuchte, Franzi zu helfen. Aber es tat sich

nichts. Entmutigt ließen sich die beiden Mädchen auf dem stinkenden Müll nieder. Franzi zog Kims Handy aus ihrer Hosentasche, das sie während der Flucht schnell eingesteckt hatte.
»Kein Empfang. Und das Funkgerät hat dieser Typ.«
»Das halte ich nicht aus. Wer weiß, wann wir hier rauskommen!« Schweiß trat Kim auf die Stirn und sie fing an zu zittern. »Mir ist schlecht.«
Franzi riss nun auch die Mütze vom Kopf. Sie wühlte in ihrer Hosentasche und fand ein klebriges Bonbon, das sie Kim in den Mund steckte. Kim bemerkte, dass Franzi auch immer blasser wurde. Ihre Freundin hatte anscheinend mehr Angst vor diesem unbekannten Typen, als Kim geglaubt hatte. Da fiel ihr wieder ein, was Franzi zu ihrer Geschichte gesagt hatte.
»Marie holt sicher Hilfe. Bis dahin müssen wir an etwas Schönes denken. Wie Lea aus meiner Geschichte«, brachte Kim zitternd hervor. Franzi nickte matt.
Kim versuchte, sich ein riesiges Schokoladeneis mit bunten Streuseln vorzustellen, aber plötzlich sah sie Sebastians Gesicht vor sich. Mit den schönen Grübchen. Und sie dachte an die dunkelblauen Augen mit den langen Wimpern, die wie nach unten zeigende Halbmonde aussahen, wenn er lachte. Er hatte bei dem Treffen vorhin so spannende Dinge aus dem Redaktionsalltag erzählt. Dabei war er wieder so unglaublich freundlich gewesen. Die Workshopgruppe durfte sogar zusammen einen kleinen Artikel schreiben, den Sebastian dann online gestellt hatte. Während Kim daran dachte, beruhigte sich ihr Atem ein bisschen, aber ihr Herz schlug immer noch ganz

schön wild. Als Sebastian erwähnt hatte, dass Kim ihm vorgestern schon bei einer Eilmeldung geholfen hatte, hatte David vorgeschlagen, dass Kim doch über die Vorfälle im Supermarkt ihre Reportage schreiben könnte. Obwohl Kim von David echt genervt war, war die Idee gar nicht mal so schlecht gewesen. Sie lag sogar auf der Hand, zumal sie ja auch vor Hannah schon behauptet hatte, ihre Reportage über den *Superkauf* zu schreiben, aber Kim hatte bis zu diesem Zeitpunkt überhaupt nicht ernsthaft darüber nachgedacht. Da sie ja mitten in dem Fall drinsteckte, hatte sie natürlich jede Menge interessante Geheiminformationen. Aber leider steckte sie auch mitten im Müll fest – und wer wusste schon, wann sie hier jemals wieder rauskommen würden. Die Panik stieg wieder in ihr hoch, aber sie gab sich Mühe, dagegenzuarbeiten. Sie sah, dass Franzi die Augen geschlossen hatte, und versuchte, ruhig zu atmen.

Wieder hörten die beiden Mädchen Schritte.

Franzi riss ängstlich die Augen auf. »Bitte lass es Marie sein.«

Kim starrte gespannt zu dem kleinen Spalt der Schiebetür.

Die Tür wurde geöffnet. »So, Mädchen. Jetzt zeigt euch mal. Ich hab keine Lust mehr, euch zu suchen.«

Sofort beschleunigte sich Kims Atmung wieder. Plötzlich klopfte es laut gegen den Container. »Seid ihr etwa da drin?«

Kim und Franzi zuckten zusammen. Kim hatte das Gefühl, dass sie noch nie in einer so schlimmen Falle gesessen hatte.

»Na los, Mädels, kommt raus, sonst komme ich zu euch rein.«

Mit weit aufgerissenen Augen schauten sich die beiden Detektivinnen im Schein der Taschenlampe an.

»Komm doch rein. Es riecht auch so gut hier.« Kim sah, wie Franzi sich anstrengte, locker zu klingen.
Der Typ lachte ironisch. »Ach nein, lass mal, ich weiß, wie eklig das da im Müll riecht, ich hab ja neulich was Schönes dadrinnen gefunden.«
»Kannst du uns mal verraten, warum du das verdorbene Fleisch hier rausgeholt und in die Regale gelegt hast?« Franzi ging aufs Ganze, es blieb ihnen ja auch nichts anderes übrig.
»Rache.«
Franzi hakte nach. »Rache an wem?«
»Der *Superkauf* hat meine Eltern in den Ruin getrieben. Die sind pleite, weil alle nur noch hier einkaufen.«
»Finden deine Eltern das gut, was du hier machst?«
Mit aufmunterndem Blick an Kim gewandt, flüsterte sie: »Immerhin spricht er mit uns.«
»Das kann dir doch egal sein. Wir mussten unsere Mitarbeiter entlassen. Den großen Supermärkten ist es egal, wie es ihren Mitarbeitern oder anderen Menschen geht. Und auch die Tiere, die sie abgepackt in Massen verkaufen, sind ihnen egal.«
»Aber mit dem verdorbenen Fleisch hast du unschuldige Menschen in Gefahr gebracht. Warum?«, rief Franzi.
Der Unbekannte lachte wieder, doch plötzlich, mitten im lauten Gelächter, brach er ab. Irritiert blickten sich die Freundinnen im Schein der Taschenlampe an. Dann hörten sie ein ersticktes »Nein!« von ihm.
»Kim, Franzi, seid ihr da drin?« Maries Stimme klang in Kims Ohren wie die eines Engels.

»Ja, kannst du uns helfen, hier rauszukommen?«, fragte Kim mit zitternder Stimme.
»Irgendwie hat sich der Schiebemechanismus verhakt, wir bekommen den Container von innen nicht mehr auf«, rief Franzi.
»So, du machst jetzt, was ich sage, ansonsten darfst du meinen kleinen Freund mal streicheln. Wie heißt du?«, hörten Kim und Franzi Marie mit fester Stimme sagen.
»M-M-M-M-ark.«
»Mark, du machst jetzt den Container auf und hilfst meinen Freundinnen da raus.«
Kim und Franzi sahen sich verwundert an. Wie schaffte Marie es denn, so souverän mit diesem unheimlichen Typen zu reden, vor dem sie gerade durch den gesamten Supermarkt geflohen waren? Es ruckelte an der Schiebetür und kurz danach ging sie auf. Kim atmete auf. Endlich wieder mehr Luft, obwohl die auch noch nicht gut roch. Franzi half Kim, sich hinzustellen, und da sahen die beiden Mädchen auch, was Marie machte. Sie hatte Nils' Vogelspinne Alfred auf der Hand. Wie hypnotisiert half Mark Kim und Franzi aus dem Container.
Staunend ging Kim Marie mit zittrigen Beinen entgegen, machte aber einen Meter vor ihr halt. »Wow, Marie. Hast du gar keine Angst?«, flüsterte sie und sah, dass Maries Hand leicht zitterte. »Quatsch, kein bisschen.« Mit festem Blick zu Mark sagte Marie laut: »Du bleibst dahinten.«
Mark hob abwehrend die Hände und setzte sich neben den Müllcontainer.

Marie wirkte konzentriert. Alfred saß noch immer auf ihrer Hand. »Kim, mein Handy ist in meiner Hosentasche.« Kim fischte es aus ihrer Hosentasche und versuchte dabei, größtmöglichen Abstand zu Alfred zu halten. »Oh, du hast Empfang, zwar nur einen Balken, aber immerhin.« Die Nummer von Kommissar Peters kannte Kim auswendig. Sie tippte sie ein und brachte ihn dann schnell auf den neuesten Stand. »Er ist gleich da. Zusammen mit Nils, der ihn schon informiert hat.«

Kim sah zu Mark hinüber, der immer noch kreidebleich auf dem Boden hockte.

»Gut, dass wir von der Spinnenphobie wussten«, stellte Kim leise fest.

»Und gut, dass ich so ein Ass in Konfrontationstherapie bin, oder?« Marie, die noch immer die Spinne auf der Hand hatte, sah Kim stolz an. Sie blickte auf ihre Hand. »So schlimm ist es gar nicht. Die Spinne ist die ganze Zeit völlig ruhig und ich versuche, mich möglichst wenig zu bewegen, damit sie nicht unter Stress gerät.«

Kim staunte. »Wie bist du denn an Alfred rangekommen?«

»Ich hab Nils gebeten, mit Alfred zum Laden seiner Oma zu kommen. Er will alles wiedergutmachen. Er wollte auch mit mir hierherkommen, aber ich wollte nicht, dass er sich auch noch in Gefahr begibt.« Kim und Franzi hörten gespannt zu. »Durch den Hintereingang bin ich in den Personalbereich gekommen. Ich habe es sogar geschafft, das Schloss mit einer Hand zu knacken. In der anderen Hand hatte ich einen Karton mit Alfred drin und ich wollte ihn nicht absetzen. Nils hat mir gesagt, dass jede Erschütterung für eine Vogelspinne Stress bedeutet, deswegen hat auch alles ein bisschen gedauert, weil ich nicht hierher laufen konnte, sondern gleichmäßig gehen musste. Als ich drin war, habe ich die Stimmen hier gehört.«

Während sie das sagte, kam der Kommissar mit Nils und einem weiteren Polizisten in den Müllraum gestürzt.

Kim beobachtete, wie Marie Nils sofort die Spinne übergab. Eine Träne der Erleichterung rann über ihre Wange. Kim nahm ihre Freundin in den Arm und schluchzte ebenfalls vor Erleichterung auf. »Das hast du toll gemacht, Marie. Und du auch, Franzi. Ohne dich wäre ich in dem Container verrückt geworden!« Kim nahm Franzi ebenfalls in den Arm. »Außerdem hattest du doch auch Angst vor dem Typen.«

»Ja, und du hast mich daran erinnert, dass man in solchen Momenten an etwas Schönes denken muss.« Franzi lächelte Kim an. Die drei Freundinnen standen noch einen Moment zusammen, ehe sie sich voneinander lösten.

Peters hatte Mark geholfen, aufzustehen. Der junge Mann stand noch sichtlich unter Schock, registrierte aber erleichtert, dass Nils mit Alfred den Müllraum verließ.

»Das ist Mark«, erklärte Kim Peters. »Wie heißt du mit Nachnamen?«

»Winter«, stammelte Mark.

»Du bist also Adams Bruder. Wusste ich es doch.« Kim verschränkte die Arme vor der Brust.

»Ja, aber lasst meinen kleinen Bruder aus dem Spiel. Der hat damit nichts zu tun. Ich gestehe alles: das mit dem Fleisch, dem Drohbrief und den Graffitis.« Mark wischte sich den Schweiß von der Stirn. »Aber das mit der Spinne war ich nicht.«

»Das hat hier auch niemand gedacht. Der Spinnenfreund hat sich schon freiwillig gestellt, wobei die drei !!! daran sicher auch nicht ganz unbeteiligt waren.« Peters sah die drei Detektivinnen streng an, musste dann aber lächeln. »Obwohl sie doch eigentlich Ostereier bemalen sollten.«

»Das machen wir jetzt auch.« Die drei !!! lächelten den Kommissar erleichtert an.

Code geknackt!

Das »Geschlossen«-Schild war immer noch an der Tür von Frau Blumes Tante-Emma-Laden, als Kim, Franzi und Marie am Samstagmorgen dort eintrafen. Im gleichen Moment stieg Herr Schmidt aus seinem Auto aus und begrüßte die drei Mädchen fröhlich. »Ich muss zugeben, dass ich euch ein bisschen unterschätzt habe. Danke für alles.«

Kim strahlte. »Danke, dass Sie gekommen sind.«

Im selben Moment kam Matthias Velte auf dem Fahrrad angefahren. Als er Torsten Schmidt sah, wollte er gleich wieder umdrehen, aber Franzi hielt ihn auf.

»Na, ihr seid ja echt hartnäckig«, grummelte der Bauer und blieb stehen.

»Wir wollten uns entschuldigen, dass wir Sie verdächtigt haben.« Kim hielt Herrn Velte die Hand hin.

»Entschuldigung angenommen.« Der Bauer reichte den drei Detektivinnen die Hand.

»Da möchte ich mich anschließen.« Schmidt hielt Velte nun ebenfalls die Hand hin. Der schnaubte nur.

»Tut mir leid, dass ich damals einfach so aus unserem Geschäft ausgestiegen bin, ich bereue es sogar ein bisschen.« Schmidt fuhr sich nervös durch seine grau melierten Haare.

Herr Velte atmete tief ein und aus. »Vielleicht war es auch gut so. Wer weiß, was wir sonst noch alles angestellt hätten.«

Die drei !!! wurden hellhörig. »Was haben Sie denn so angestellt?«, fragte Kim neugierig nach.

»Ach, nichts«, sagte Herr Schmidt, musste aber lächeln.

Matthias Velte grinste. »Komm schon, sag es ihnen doch, ist doch eh verjährt.«

»Wir haben mal ein Schwein geklaut, das geschlachtet werden sollte«, berichtete Schmidt.

»Und was haben Sie mit dem Schwein gemacht?« Kim und die anderen beiden Ausrufezeichen sahen Schmidt und Velte gespannt an.

Velte lächelte. »Es hat bei uns in der WG gewohnt. Als wir den Hof aufgebaut haben, hat es einen Stall bekommen.«

»Och, wie süß. Lebt es noch auf Ihrem Hof?« Franzi sah Velte gespannt an, der betroffen den Kopf schüttelte. »Freddi ist vor ein paar Tagen gestorben, dein Vater konnte auch nichts mehr machen.«

»Ach, das war Freddi? Das tut mir leid.« Franzi sah Herrn Velte betroffen an.

»Es sind so viele unschöne Dinge passiert in letzter Zeit«, stellte Herr Schmidt ernüchtert fest.

»Umso wichtiger ist es, dass sich jetzt alles zum Guten wendet«, stellte Kim fest.

Velte sah Schmidt offen an. »Wenn ich dir einen Rat geben darf: Versuch mal, wieder so zu denken wie früher, denk nicht nur an Profit.«
»Ja, du hast wohl recht. Du kannst mich ja ein bisschen beraten.« Schmidt zwinkerte Velte zu. »Nur als Freund, nicht als Geschäftspartner. Keine Sorge, ich schlage dir keine Geschäfte mehr vor. Aber du musst auch umdenken: Freu dich doch, dass Hannah im *Superkauf* arbeitet, um ein bisschen Geld zu verdienen.«
»Okay, mach ich beides.« Velte klopfte seinem alten Freund auf die Schulter.
Franzi wendete sich an Herrn Schmidt. »Darf ich Sie mal was fragen? Ich kenne einen sehr netten Mann, der lange als Verkäufer in einem Obst- und Gemüse-Geschäft gearbeitet hat und nun dringend einen neuen Job sucht. Er heißt Boris.«
»Sag Boris, dass er sich bei mir melden soll. Wir brauchen immer erfahrene Mitarbeiter.«
Herr Velte grinste. »So gefällst du mir schon viel besser.«
»Ihr Portemonnaie liegt übrigens in Ihrer Schreibtischschublade«, erklärte Kim Herrn Schmidt. »Danke, habe ich gestern auch dort entdeckt. Aber woher wusstest du das?«
Kim zwinkerte Schmidt zu. »Detektivinnen-Instinkt. War alles drin?«
»Ja, es hat nichts gefehlt. Danke!«
»Woher hat Hannah denn eigentlich das Geld für ihr neues Mountainbike gehabt?« Marie sah Herrn Velte neugierig an.
»Von dem Freund ihrer Oma.« Der Bauer grinste. »Sie hat

ihm geholfen, ein paar Sachen zu verkaufen. Die beiden wollen nämlich auf Weltreise gehen.«

Im selben Moment kam Nils mit seiner Oma an dem Tante-Emma-Laden an. Frau Blume sah immer noch sehr mitgenommen aus.

»Sind Sie Herr Schmidt?« Kim merkte, wie aufgeregt Nils war. Schmidt nickte. »Tut mir leid, das mit der Spinne.«

»Das hat mir ganz schönen Ärger eingebracht, junger Mann.« Herr Schmidt sah Nils vorwurfsvoll an. Der ließ die Schultern hängen.

»Aber Kim hat mir erzählt, dass du deiner Oma helfen wolltest. Ich werde keine Anzeige erstatten. Wie wäre es, wenn du in den Sommerferien bei mir arbeitest? Ohne Geld? Dann wären wir quitt.«

Erleichtert blickte Nils auf. »Ja. Und vielen Dank.«

»Wie kann ich Ihnen dafür danken?« Frau Blume hielt Torsten Schmidt die Hand hin.

»Gar nicht.« Herr Schmidt drückte Frau Blumes Hand. »Es tut mir wahnsinnig leid, dass Sie um Ihre Existenz kämpfen müssen.«

»Wissen Sie, Sie haben günstigere Preise, länger geöffnet, ein größeres Angebot, da wandern die Kunden einfach ab.« Frau Blumes Stimme zitterte ein bisschen.

»Dafür haben Sie das beste Biogemüse von Velte und sind persönlich für Ihre Kunden da. Lassen Sie uns mal in Ruhe überlegen, ob ich Sie vielleicht auch unterstützen kann«, schlug Herr Schmidt Frau Blume vor.

»Sehr gerne.« Frau Blume war so erleichtert, dass ihr eine Träne über die Wange kullerte.
Herr Velte freute sich. »Mensch, das ist mein Torsten, wie ich ihn kenne.«
In dem Moment kam Thomas Blume angeradelt.
»Sie kommen genau richtig. Ich hab noch etwas mit Ihnen beiden vor.« Kim zeigte auf Thomas Blume und Torsten Schmidt.
»Ich möchte ein Kunstprojekt ins Leben rufen, das Sie, Herr Blume, vielleicht gemeinsam mit den beiden Sprayern Tim und Adam mit finanzieller Unterstützung von Herrn Schmidt machen könnten.«
»Gute Idee, Kim.« Thomas Blume lächelte anerkennend. »Die Jungs haben es echt drauf. Wie wäre es mit einer langen Nacht des Graffitis, verbunden mit der langen Nacht des grünen Gemüses oder so.«
»Also Kunst und Kaufen, im *Superkauf* und bei Frau Blume«, dachte Kim laut weiter. »Die Sprayer könnten sowohl die Supermarktwände als auch diese Wand hier neben Frau Blumes Laden mit guten Botschaften besprühen, und Kunden könnten ihnen dabei zusehen und gleichzeitig ein bisschen einkaufen. Wann hat man schon mal die Gelegenheit, dabei zu sein, wenn jemand Graffitis sprayt?«
Herr Schmidt zögerte kurz, aber Velte gab ihm einen leichten Tritt gegen das Schienenbein, dann sagte er zu.
Kim jubilierte innerlich. »Okay, dann holen wir nur noch die Sprayer mit ins Boot.«

Als die drei !!! kurz danach auf die alte Fabrikhalle zuradelten, sahen sie Tim und Adam schon von Weitem. Die beiden saßen auf dem niedrigen Dach der Fabrikhalle.
»Hallo!«, brachte Kim etwas unsicher hervor.
Tim und Adam landeten mit einem lässigen Sprung vor den drei Detektivinnen.
»Wollt ihr uns verhaften lassen, weil wir hier auf dem Dach sitzen?« Adams Stimme klang vorwurfsvoll.
»Wir haben nur unseren Job gemacht. Wir sind Detektivinnen. *Die drei !!!*«, erklärte Kim Adam und Tim, die sie überrascht ansahen. »Wusstest du, dass dein Bruder verdorbenes Fleisch in die Regale beim *Superkauf* geschmuggelt hat?«
Adam war perplex. »Das war Mark?«
»Ja, und er hat einen Drohbrief an Herrn Schmidt geschickt, in dem er mit einem weiteren Skandal gedroht hat«, erklärte Franzi. »Letzte Nacht hat er im gesamten *Superkauf* innen mit Farbe rumgesprüht.«
Adam war fassungslos. »Er hat mir gar nicht genau gesagt, was in dem Brief stand. Das mit dem Fleisch wusste ich nicht. Deshalb war er also so sauer, als ich gekündigt habe.«
»Er hat sich über dich Zutritt zum *Superkauf* verschafft«, stellte Marie ungerührt fest. »Und du hast ihn geschützt, weil er dein großer Bruder ist.«
»Aber er hat andere in Gefahr gebracht.« Kim sah Adam aufmerksam an. »Wusstest du das wirklich nicht?«
Adam schüttelte betreten den Kopf. »Mark war nicht immer so. Seit meine Eltern unseren Laden schließen mussten, hat er

sich ganz schön verändert. Er hat seine Ausbildung abgebrochen und redet nur noch von Rache. Aber dass er so ausflippt, hätte ich nicht gedacht. Wir hatten einen Mitarbeiter, Boris, dem hat er versprochen, dass er sich um einen neuen Job kümmert. Aber es hat nicht geklappt und Boris hat sogar seine Wohnung verloren.«

»Ich kenne Boris«, sagte Franzi. »Und Kalli. Wir haben gerade dafür gesorgt, dass Boris sich mal im *Superkauf* vorstellen kann.«

»Echt? Na, ob er dazu Lust hat?« Adam sah skeptisch in die Runde.

»Wieso denn nicht? Herr Schmidt scheint gar nicht so uncool zu sein, wie ihr denkt. Früher hatte er sogar mit seinem Kumpel Bauer Velte einen kleinen Bauernhof«, meinte Franzi. »Und er hat uns zugesagt, dass er weitere Arbeitsplätze schafft.«

Kim steckte zufrieden ihre Hände in die Hosentaschen. Da merkte sie, dass sie die Skizze von Adam noch in der Hosentasche hatte. »Das hast du neulich verloren.« Als sie Adam den Zettel gab, fiel ihr plötzlich wieder ein, was sie im Internet recherchiert hatte. »Ich hab neulich gelesen, dass Spinnen als Krafttiere bezeichnet werden, die ihre Netze so geschickt weben, dass es für kleine Insekten kein Entkommen gibt.« Kim dachte nach. »Die Spinnen, die ihr gesprüht habt, sollen die große Supermarktketten symbolisieren, die die Insekten, also die kleinen Läden, auffressen?«

»Ich würde sagen, du hast den Code geknackt.« Adam grinste

Kim verschmitzt an und wurde dann ernst. »Und wir sind jetzt in unser eigenes Netz gegangen.«
»Ich hab eine Idee, wie ihr da wieder rauskommt. Ich hab nämlich auch gelesen, dass Spinnen uns dazu auffordern, unsere eigenen Kräfte zu stärken. Vielleicht gibt es eine Möglichkeit, Frau Blume zu helfen und ihre Kräfte zu stärken.« Kim zwinkerte den beiden verschwörerisch zu.

Detektivtagebuch von Kim Jülich
Samstag, 17:20 Uhr

Puh! Wir haben den Fall gelöst! Ich bin so froh! Vorgestern Abend haben wir auch den letzten Täter überführt. Die Aktion war echt gefährlich, denn Franzi und ich saßen in einem Müllcontainer fest und ich hatte furchtbare Platzangst. Außerdem hatten wir Angst vor dem Täter, weil wir mit ihm allein im *Superkauf* eingesperrt waren und nicht wussten, wozu er fähig ist. Marie hat ihre Spinnenphobie selbst kuriert und uns dadurch gerettet. Aber eins nach dem anderen (ich sitze übrigens seit Stunden am Computer, denn ich habe tatsächlich heute in einem Rutsch meine neue Reportage geschrieben. Es flutschte so gut beim Schreiben, da konnte ich gar nicht aufhören. Meine Schreibblockade habe ich wohl überwunden. Dann kann ich demnächst auch mal meine Kurzgeschichte fertig schreiben. Gerade habe ich Sebastian meine Reportage per E-Mail geschickt. Mal sehen, wann er sich meldet):
Vor drei Tagen haben wir mit Holgers Hilfe den Sprayern noch mal aufgelauert. Ich kann es eigentlich immer noch nicht glauben, dass Adam da mitgemacht hat. Zum Glück hat er aber nur gesprüht und mit den anderen Dingen nichts zu tun. Ich hoffe, dass er mit einem blauen Auge davonkommt. Kommissar Peters geht davon aus, dass er wegen Sachbeschädigung Sozialstunden aufgebrummt bekommt. Er ist ja

auch noch nicht volljährig, anders als sein Bruder Mark. Die Strafe von Mark, den wir gestern überführt haben, wird sicher nicht so milde ausfallen. Das LKA leitet ein Strafverfahren gegen ihn ein. Schließlich hat er auch Menschen durch das mit Absicht platzierte verdorbene Fleisch in Gefahr gebracht, einen Drohbrief geschrieben und Sachbeschädigung begangen. Wenn wir ihn nicht gestoppt hätten, hätte er den gesamten Supermarkt von innen mit Farbe besprüht. Seine Fingerabdrücke stimmen mit denen auf dem Drohbrief, den Fleischverpackungen und der Dose überein, über die Franzi neulich gestolpert ist.

Immerhin hat Mark Franzi ihr Handy zurückgegeben, ehe er abgeführt wurde.

Weil Hannah uns das Überwachungsvideo besorgt hat und Ben und Lukas darauf dann Nils erkannt haben, haben wir ihn zusammen mit den Superheldendetektiven überführen können.

Von Nils war ich zwar zuerst ganz schön enttäuscht, aber ich hab ihn auch ein bisschen verstanden. Er war so in Sorge um seine Oma, dass er sich nicht anders zu helfen wusste. Aber er hat sich gestellt und uns bei der Überführung von Mark geholfen. Na ja, eigentlich war es nicht Nils, sondern seine Vogelspinne, die uns gerettet hat.

Es ist uns auch gelungen, Schmidt und Velte zu versöhnen. Schmidt hat Nils angeboten, seine Strafe bei ihm abzuarbeiten. Wir haben Frau Blume gebeichtet, dass wir ihren Laden wegen der kurzen Wege vorgestern Abend als Einsatzzentrale benutzt haben. Sie war richtig stolz. Nils hat echt eine coole Oma!

Geheimes Tagebuch von Kim Jülich
Samstag, 22:30 Uhr

Achtung! Wer in Kim Jülichs Tagebuch liest, wird morgen auf der Titelseite der Neuen Zeitung zu sehen sein, und zwar mit Hasenohren und Schnurrbarthaaren. Ich habe gute Kontakte, also legt euch lieber nicht mit mir an!

Die Schreibblockade ist Schnee von gestern! Vor fünf Stunden habe ich meine Reportage an Sebastian gemailt. Leider hat er mir immer noch nicht geantwortet.
Na ja, immerhin hat er mich gestern gerettet. Also nicht wirklich in Person, aber als ich in diesem winzigen, ekelhaft stinkenden Müllcontainer festsaß und dachte, dass ich darin ersticken muss, habe ich ihn plötzlich vor mir gesehen. Und dann habe ich mir vorgestellt, wie schön es ist, in seiner Nähe zu sein, und meine Angst war fast wie weggeblasen. Nur der Gestank blieb. Ich hab immer noch das Gefühl, dass ich nach Müll stinke, obwohl ich schon dreimal geduscht und meine Klamotten mit der doppelten Portion Waschmittel gewaschen habe.
Marie hat Holgers Liebeserklärung übrigens ziemlich gut weggesteckt. Für sie scheint die Sache nun endgültig beendet zu sein. Sie hat sich jetzt fest vorgenommen, vorerst nicht mehr zu flirten. Ich bin ja gespannt, wie lange sie das durchhält ...
Hmmm ... Es gibt noch was, was ich seit meiner Gefangenschaft im Müllcontainer nicht mehr leugnen kann. Marie und Franzi ahnen es, glaube ich, schon, aber ich kann es ihnen irgendwie nicht sagen: Ich glaube, ich bin verliebt. In Sebastian ♥. Ja, so ist es, und nein, wie schrecklich. Er ist ja mehr als doppelt so alt wie ich! Aber er ist so süß. Und ich möchte jetzt so gerne bei ihm sein. Als ich im Müllcontainer saß und an etwas Schönes denken wollte, kam er mir automatisch in den Sinn. Und in meinem Bauch schwirrten Schmetterlinge wie wild umher. Ja, ich weiß, das geht nicht.
Anscheinend kommt heute keine Antwortmail mehr zu meiner Reportage. Was er wohl gerade macht? ♥
Morgen ist der Osterbrunch bei den Winklers, das ist hoffentlich eine Ablenkung. Gute Nacht! Und ihr Schmetterlinge in meinem Bauch: Geht doch bitte auch schlafen!

Osterüberraschungen

Der Glaspavillon glitzerte in der Aprilsonne, als Kim am Ostersonntag mit ihrer Familie bei den Winklers ankam. Heute ließ die Sonne keinen Zweifel mehr daran, dass es nun Frühling wurde. Mitten im Garten stand ein großer Osterhase aus Holz. Daneben war ein Korb, der mit bemalten Eiern gefüllt war. Auf dem Rand des Korbes saß Franzis Huhn Polly. Pablo, den die Zwillinge mal wieder vergessen hatten anzuleinen, hüpfte aus dem Auto und rannte bellend auf Polly zu, die gackernd wegflatterte. Kims Eltern eilten mit einem großen Strauß Osterglocken zu Frau Winkler in den Pavillon, während Ben und Lukas sich einen Spaß machten und Polly wieder einfingen. Dann durfte Polly die Schnürsenkel ihrer Fußballschuhe aufpicken. Die Zwillinge lachten sich dabei kaputt und Polly schien es auch zu gefallen.

Kim entdeckte Blake, der in der Nähe der Pferdekoppel gerade mit ein paar Ostereiern jonglierte. Franzi kam auf ihrem Pony Tinka angeritten. Das Pferd schnaubte, als würde es Kim begrüßen. »Ich wünsche dir auch frohe Ostern, Tinka.« Kim streichelte dem Pony über den Hals. Franzi sprang von Tinkas Rücken und ließ sie wieder auf ihre Weide galoppieren. »Hat Sebastian sich schon gemeldet?«

»Leider nicht.« Kim war sehr enttäuscht, dass sie noch keine Rückmeldung zu ihrer Reportage bekommen hatte.

»Kommt ihr mal? Ich möchte etwas sagen.« Franzis Mutter stand auf der Wiese vor dem Glashaus. Sie hatte einen kleinen Tisch aufgebaut, auf dem Tabletts mit Gläsern standen.

Es gab jede Menge selbst gebackene Osterhasen. Und natürlich Schokoladeneier. Kim nahm sich ein Schokoei und ließ es auf der Zunge zergehen. »Wahnsinnig lecker.«

»Hat auch keine Spinne draufgesessen.« Franzi grinste. »Wir müssen noch auf Marie warten«, sagte sie zu ihrer Mutter, die schon fleißig Sektgläser an Kims Eltern und ihren Mann verteilte.

»Wer weiß, wann sie kommt.« Frau Winkler gab Franzi, Kim und Blake Gläser mit einer rosafarbenen Walderdbeerlimonade, in der vereinzelt Basilikumblätter herumschwammen.

»Ich freue mich sehr, dass ihr heute hier seid. Bald eröffne ich ein Hofcafé und es ist schön, mit euch schon mal einen Probelauf zu machen. Wir haben uns eine kleine Ostereiersuchaktion überlegt, aber erst mal möchte ich mit euch anstoßen, auf meinen Mann, der mich nach langem Hin und Her so toll unterstützt hat«, sie lächelte Herrn Winkler an, der eifrig nickte und dann gut gelaunt zurücklächelte, »auf meine Kinder, von denen heute Franzi da ist, auf Marie, die noch nicht da ist, und auf …«

Im selben Moment kam ein Auto hupend auf den Hof gefahren. Die Beifahrertür flog auf und Marie sprang heraus.
»Kiiiim!!!!«, schrie sie so laut, dass sich alle zu ihr umdrehten.
»Genau, und auf Kim«, sagte Frau Winkler lachend. Die Runde lachte mit. Marie rannte auf Kim zu und wedelte mit etwas, das sie in der Hand hielt. Atemlos blieb sie vor Kim stehen, die sie verwundert ansah. »Ist was mit deinen Eltern?«
»Was? Nein, die sind bei Finn geblieben. Er hat Fieber. Dafür ist Sami dabei.« Marie zwinkerte Kim zu und hielt ihr dann die Sonntagsausgabe der *Neuen Zeitung* unter die Nase. »Was viel wichtiger ist: Deine Reportage ist in der Zeitung!« Ungläubig nahm Kim die Zeitung entgegen.
»Auf der Kinderseite, hier.« Marie half Kim, die Zeitung durchzublättern, und tatsächlich. In großen schwarzen Buchstaben stand da ihre Überschrift: »Tante Emma muss bleiben oder wie der Graffiti-Code geknackt wurde.« Darunter stand: »Eine Reportage von Kim Jülich.« Kim musste zweimal hinsehen und konnte es immer noch nicht fassen. Die Reportage musste Sebastian so gut gefallen haben, dass er sie gleich hatte abdrucken lassen.
»Das ist ja eine tolle Osterüberraschung.« Frau Jülich strich ihrer Tochter stolz über die Wange.
»Vor-le-sen! Vor-le-sen! Vor-le-sen!« Der Sprechgesang kam von Kims Brüdern, die sich der Gruppe genähert hatten.
»Au ja, das möchte ich auch hören.« Kims Vater sah seine Tochter aufmunternd an. Auch Herr Winkler nickte ihr lächelnd zu. Kim wurde rot. »Ich weiß nicht …«

»Soll ich?«, sprang Marie ein, die nie Probleme hatte, vor Publikum zu sprechen. Kim nickte zurückhaltend.
Marie stellte sich vor den Anwesenden auf und begann zu lesen. ›Frau Blume ist die Tante Emma des Blumenviertels. Sie führt Generationen zusammen, und das seit über dreißig Jahren. In den letzten Jahren sind jedoch viele große Supermärkte im Blumenviertel eröffnet worden, weshalb es für Frau Blume nicht mehr ganz so rosig aussieht …‹« Kim bewunderte Marie, die da so selbstbewusst stand und las. Ihr Blick fiel auf ihre beiden Brüder, die gespannt zuhörten.
Sami war dazugekommen. Kim beobachtete, dass Marie aufsah und ihn anlächelte, aber als er keine Miene verzog, verhaspelte sie sich plötzlich. »Huch, wo war ich denn?«
Das war Kims Chance, mutig zu sein. Sie ging zu Marie und nahm ihr die Zeitung aus der Hand. »Danke, Marie, ich mache weiter.« Kim las ihre Reportage weiter vor. Darin berichtete sie von den Vorkommnissen im *Superkauf* und von den Motiven der Graffiti-Sprayer, die ja eigentlich etwas Gutes erreichen wollten, nämlich dass auch die kleinen Geschäfte wahrgenommen werden sollten. Sie beschrieb die Ermittlungen und den Einsatz der Superheldendetektive. Ben und Lukas hüpften stolz auf und ab, kritisch beäugt von ihren Eltern. Und sie erklärte, wie sie den Graffiti-Code geknackt hatten. Je länger Kim las, umso ruhiger wurde sie. Alle hörten ihr zu und sogar Pablo hatte aufgehört zu bellen. Die Reportage schloss mit einer Fülle an Gründen, warum sowohl Tante-Emma-Läden als auch große Supermärkte wichtig waren und warum man beide

unterstützen sollte. Kim hatte nicht vergessen, zu erwähnen, wie wichtig Arbeitgeber wie der *Superkauf* waren, wo es für viele Verkäufer, wie auch für Boris, gute Jobchancen gab. Als sie die letzten Sätze ihrer Reportage vorlas, war jegliche Aufregung verflogen. »›Um noch mal den Graffiti-Code aufzugreifen: Auch wenn Spinnen, also die großen Supermärkte, sehr nützlich sind, sollten wir doch auch auf die anderen Insekten, also die kleinen Läden, aufpassen, dass sie nicht im Netz der Spinnen gefangen werden. Dass man Kunst und Kauf vereinbaren kann, davon können sich Kunden in der langen Nacht des Graffitis demnächst selbst überzeugen. Tante Emma ist das altbewährte und hochmoderne neue Konzept des Einkaufs, hier kann man nicht nur einkaufen, sondern auch mit Menschen ins Gespräch kommen. Und darauf kommt es doch an. Auch in der Kunst.‹«

Kim ließ die Zeitung sinken und sah unsicher zu Franzi, die beide Daumen hochhielt und als Erste anfing zu klatschen. Und dann kam der Applaus. Alle klatschten und gratulierten Kim zu dem tollen Artikel.

»Ich bin ganz schön stolz auf dich, Kim.« Herr Jülich strich seiner Tochter über den Kopf.

»Vorsicht, Papa.« Kim steckte ihre Haarspange wieder fest.

Kims Vater lachte, wurde aber dann wieder ernst. »Aber ich habe das Gefühl, dass die drei !!! und die Superheldendetektive ganz schön an ihre Grenzen gegangen sind.«

»Nicht jetzt, Peter.« Kims Mutter erhob ihr Glas. »Jetzt feiern wir erst mal. Auf Kim, Franzi und Marie. Die mutigsten

und cleversten Detektivinnen, die es gibt.« Kim und ihr Vater sahen Frau Jülich überrascht an, denn sonst war die Schuldirektorin ja eher besorgt, dass Kim zu viel Zeit für den Detektivclub verwendete. »Und auf Frau Blume! Hoffentlich können Kims Artikel und die lange Nacht des Graffitis dazu beitragen, dass uns unsere Tante Emma erhalten bleibt.«
Wie ihre beiden Freundinnen erhob Kim ebenfalls ihr Glas. »Und natürlich auf Frau Winkler. Möge das Hofcafé ein voller Erfolg werden.«
Die drei !!! stießen mit ihren Eltern an, dann entfernten sie sich ein Stück von den Erwachsenen.
Sie setzten sich zusammen auf die Wiese. Kim hielt ihr Gesicht in die Sonne und genoss die ersten warmen Sonnenstrahlen. Marie nahm einen großen Schluck von der Erdbeerlimonade. »Aufregend, prickelnd, mit einem fantastischen Nachgeschmack.«
Franzi und Kim sahen Marie wissend an. »Das war die Beschreibung unseres letzten Falls UND der Erdbeerlimonade, oder?« Kim zwinkerte Marie zu. Die drei Detektivinnen mussten lachen.
Sami, der mit Ben und Lukas Ball gespielt hatte, kam dazu. »Marie, das mit der Spinne hätte ich dir gar nicht zugetraut.«
»Du unterschätzt mich«, sagte Marie und Kim hörte wieder diesen Flirt-Ton in Maries Stimme. Sie boxte ihrer Freundin unbemerkt in die Seite, was mit einem unauffälligen Tritt gegen Kims Schienbein quittiert wurde.
»Ich hab auch noch eine Überraschung. Kommt mal mit.«

Franzi holte eine große Papierrolle, die an einem Baumstamm lehnte, und rollte sie auf. Zum Vorschein kam ein Graffiti. Drei Ausrufezeichen waren darauf zu sehen und darunter stand in ineinander verschlungener Schrift: *Kim, Franzi und Marie.*
»Das sieht ja super aus«, rief Kim und umarmte Franzi.
»Lasst uns das Bild gleich in unser Hauptquartier hängen«, schlug Marie vor. »Vielleicht kannst du uns helfen, Sam…« Marie stockte und lächelte ihre beiden Freundinnen an.
»Ach nein, das schaffen wir allein.« Die drei !!! mussten lachen. Kim war überglücklich, zwei so tolle Freundinnen zu haben.

Kirsten Vogel ist auf dem Land aufgewachsen. Der Besuch des kleinen Tante-Emma-Ladens in ihrem Heimatdorf war immer etwas Besonderes. Es gab Bonbons in großen Gläsern und Gemüse der Bauern aus dem Dorf zu kaufen. Und ganz sicher keine Bananen aus Brasilien, in denen giftige Spinnen sitzen. Als Kirsten Vogel von einer solchen Spinne las, die in einem großen Supermarkt entdeckt wurde, wollte sie unbedingt einen Kriminalfall darum stricken. Während sie dann die Spinnen-Szene schrieb, lief es ihr kalt den Rücken herunter.

Die drei !!!

Kim, Franzi und Marie auf großer Reise

ISBN 978-3-440-16531-7

ISBN 978-3-440-16530-0

Jeder Band mit ca. 160 Seiten, je ca. €/D 10,–

ISBN 978-3-440-16529-4

ISBN 978-3-440-16532-4

Komm mit und entdecke die coolsten Metropolen Europas: London, Paris, Berlin und Barcelona warten auf dich! Kim, Franzi und Marie erleben dort spannende Fälle und geben dir außerdem Sightseeing-Tipps.
Mit witzigen Fun-Facts, einem Stadtplan und Sprachführer!

diedreiausrufezeichen.de

Die drei !!!
Das Rätsel der Eulen
Geheimbuch
Mit Geheimcode-scheibe
KOSMOS

Die drei !!!
Das geheime Buch
Geheimbuch
Mit Spiegelfolie
KOSMOS

Die drei !!!

Clevere Girls knacken jeden Fall!

- ☐ Die Handy-Falle
- ☐ Betrug beim Casting
- ☐ Gefährlicher Chat
- ☐ Gefahr im Fitness-Studio[e]
- ☐ Tatort Paris[e]
- ☐ Skandal auf Sendung[e]
- ☐ Vorsicht Strandhaie![e]
- ☐ Skaterfieber[e]
- ☐ Im Bann des Tarots[e]
- ☐ Tanz der Hexen[e]
- ☐ Kuss-Alarm[e]
- ☐ Popstar in Not[e]
- ☐ Gefahr im Reitstall
- ☐ Spuk am See[e]
- ☐ Duell der Topmodels[e]
- ☐ Total verknallt![e]
- ☐ Gefährliche Fracht[e]
- ☐ VIP-Alarm[e]
- ☐ Teuflisches Handy
- ☐ Beutejagd am Geistersee[e]
- ☐ Skandal auf der Rennbahn[e]
- ☐ Jagd im Untergrund[e]
- ☐ Undercover im Netz[e]
- ☐ Fußballstar in Gefahr[e]
- ☐ Herzklopfen![e]
- ☐ Tatort Filmset[e]
- ☐ Vampire in der Nacht[e]
- ☐ Achtung, Promihochzeit![e]
- ☐ Panik im Freizeitpark[e]
- ☐ Falsches Spiel im Internat[e]
- ☐ Betrug in den Charts[e]
- ☐ Party des Grauens[e]
- ☐ Küsse im Schnee[e]
- ☐ Brandgefährlich![e]
- ☐ Diebe in der Lagune[e]
- ☐ SOS per GPS[e]
- ☐ Mission Pferdeshow[e]
- ☐ Stylist in Gefahr
- ☐ Verliebte Weihnachten
- ☐ Achtung, Spionage![e]
- ☐ Im Bann des Flamenco
- ☐ Geheimnis der alten Villa
- ☐ Nixensommer
- ☐ Skandal im Café Lomo!
- ☐ Tatort Geisterhaus
- ☐ Filmstar in Gefahr
- ☐ Unter Verdacht
- ☐ Die Maske der Königin
- ☐ Skandal auf dem Laufsteg
- ☐ Freundinnen in Gefahr
- ☐ Krimi-Dinner
- ☐ Das rote Phantom
- ☐ Hochzeitsfieber!
- ☐ Klappe und Action!
- ☐ Wildpferd in Gefahr
- ☐ Geheimnis im Düstermoor
- ☐ Tatort Kreuzfahrt
- ☐ Gorilla in Not
- ☐ Das geheime Parfüm
- ☐ Liebes-Chaos!
- ☐ Der Fall Dornröschen
- ☐ Spuk am Himmel
- ☐ Flammen in der Nacht
- ☐ Der Graffiti-Code
- ☐ Heuler in Not
- ☐ Tanz der Herzen
- ☐ Tatort Geisterbahn
- ☐ Gefahr im Netz
- ☐ Nacht der Wölfe
- ☐ Gefährliches Spiel
- ☐ Gefahr in den Ruinen
- ☐ Kuss der Meerjungfrau
- ☐ Legende der Einhörner
- ☐ Rätsel der Vergangenheit
- ☐ Tatort Hollywood
- ☐ #Falscher Ruhm
- ☐ Achtung, Gaunerzeichen!
- ☐ Das Bienengeheimnis
- ☐ Vier Pfoten in Gefahr
- ☐ Ein echt schöner Fall
- ☐ Geheimnis im Spukhotel
- ☐ Das Konfetti-Komplott
- ☐ Voller Einsatz für die Erde
- ☐ Luftballon-Küsse

Alle Bücher auch als E-Book erhältlich

[e] nur als E-Book erhältlich

diedreiausrufezeichen.de